AF653996

तल-घर

(कहानी-संग्रह)

आर्य प्रकाशन मंडल

गांधीनगर, दिल्ली

तल-घर

दीपक शर्मा

ISBN—978-81-89982-48-5

प्रकाशक
आर्य प्रकाशन मंडल
IX/221, सरस्वती भंडार, गांधीनगर
दिल्ली-110031

प्रथम संस्करण
2011

आवरण
नरेन्द्र श्रीवास्तव

मूल्य
एक सौ पचहत्तर रुपये

मुद्रक
बी०के० ऑफसेट
नवीन शाहदरा, दिल्ली-110032

TAL-GHAR (Stories in Hindi)
by Deepak Sharma
Price : Rs. 175.00

क्रम

नौ तेरह बाईस

"मैं निझावन बोल रहा हूँ, सर," मेरे मोबाइल के दूसरी तरफ मेरे बॉस हैं, मेरे जिले के एस०पी०। अपनी आई०पी०एस० के अंतर्गत। जब कि मेरी प्रदेशीय पुलिस सेवा ने मेरी तैनाती यहाँ के चौक क्षेत्र में सर्कल ऑफिसर के रूप में कर रखी है। अभी कोई तीन माह पूर्व।

"एनी इमरजेंसी?" राजधानी से बॉस आज सुबह लौटे हैं और इस समय जरूर अपनी श्रृंगार-मेज पर अपने प्रसाधन के मध्य में हैं।

"यस सर। मेरे सर्कल के नवाब टोला की वारदात है। कल शाम स्पोर्ट्स कॉलेज की कोई लेक्चरर आग में झुलसकर मर गई थी, सर।"

"नवाब टोला कहाँ पड़ेगा?" वे अपनी अनभिज्ञता प्रकट करते हैं। दूसरों को गोल-गोल घुमाकर उन्हें फिर नौ-तेरह बाईस बताने में उनका कोई सानी नहीं।

"मेरे थाने की दिशा से वह धक्कम-धक्के वाले एक चूड़ी बाजार का अंतिम छोर है सर, और आपके बँगले की दिशा से बड़े चौराहे की एक तिरछी काट।"

हमारे जिले में बड़ा चौराहा एक ही है। जहाँ पहुँचकर तीन सीधी और दो घुमावदार सड़कें अपने फलक उसके हवाले कर देती हैं।

"रिहाइशी क्षेत्र है? मुस्लिम बाहुल्य?"

"यस सर। चौदह मकान हिंदुओं के हैं और पच्चीस मुस्लिमों के।"

"मरने वाली मुस्लिम थी?"

"नहीं सर, वह हिंदू थी। आशा क्वात्रा। उम्र 26 साल।"

"हैंग लूज। परवाह न करो।"

अंग्रेजी भाषा और अमरीकन स्लैंग का बॉस को चस्का है, तिस पर उनकी खूबी यह है, वे स्लैंग उच्चरित करते ही उसकी हिंदी भी साथ ही जोड़ देते हैं। मुझ जैसे 'देसी' जन की सुविधा के लिए।

"यस सर," मेरी आवाज में सलामी है। अपनी रणनीति के निश्चय-अनिश्चय के बीच मैं व्यवहार-कुशलता की ओट में जा खड़ा होता हूँ, "लेकिन सर, मृतका के पिता मेरे दफ्तर में बैठे हैं और एक एफ०आई०आर० दर्ज करवाना चाहते हैं। उनके

दुःसाहस पर मैं स्वयं बहुत हैरान हूँ, सर। उनके आरोप की असंभावना…"

"हैंग आउट। भेद खोल दो," वे धैर्य खो रहे हैं।

"वे आपको अपनी बेटी की मृत्यु का कारण ठहरा रहे हैं, सर…"

"होल्ड एवरीथिंग। प्रतीक्षा करो। मैं पहुँच रहा हूँ… ।"

"यस, सर…"

विभाग में बॉस की अच्छी धाक है। बावजूद इसके कि वे सप्ताह में तीन दिन राजधानी में बिताते हैं और बाकी चार दिन की लगभग प्रत्येक संध्या देर रात की पार्टीबाजी में। उनके ससुर प्रदेश पुलिस के एक महकमे के डायरेक्टर जनरल हैं और सभी जानते हैं यह सीढ़ी उन्हें बहुत ऊपर ले जाने वाली है।

बॉस को मैं नहीं बताता मृतका के पिता अपने रूसी वुल्फहाउंड के लापता होने की एफ०आई०आर० में भी बॉस को नामजद करना चाहते हैं : 'बुर्के वाली जिस टहलनी की आपको तलाश है वह और कोई नहीं, आपका यह एस०पी० है क्योंकि हमारे उस बौलजौए से भी उस दुष्ट ने हेल-मेल कर रखा था।'

असल में मृतका के पड़ोसियों द्वारा वारदात की सूचना मिलने पर जब मैं अपने दल के साथ वहाँ पहुँचा था तो उन्हीं में से कुछ लोग बारंबार एक ही बात दोहराए रहे, दोपहर में उन्होंने मृतका के कुत्ते को बुर्के वाली उसी टहलिन के साथ मकान से बाहर निकलते हुए देखा था जिसे वे अकसर उस कुत्ते के साथ आते-जाते हुए देखा करते। वह तो जब शाम होते-होते मृतका के मकान से उठ रहे धुएँ का आयाम अप्रत्याशित रूप ग्रहण करने लगा था और मकान के दरवाजे की घंटी बजाने पर, जवाब में, दूसरे दिनों की तरह न तो उन्हें कुत्ते की भौंक सुनाई दी थी और न ही अंदर से मृतका की कोई आहट, तभी उन्हें ध्यान आया रहा, बुर्के वाली टहलिन मृतका के कुत्ते के साथ नवाब टोले पर लौटी ही न थी। तिस पर जब दरवाजा देर तक घंटी बजाने पर भी खोला नहीं गया तो उन्हें फायर ब्रिगेड और पुलिस बुलाने की जरूरत महसूस हुई रही। और जब तक हम पहुँचे, लड़की मर चुकी थी। अस्पताल ले जाए जाने पर डॉक्टर बोले थे : "ब्रौट डेड।"

अपने बाथरूम के एकांत से मैं अपनी मेज पर लौट आता हूँ।

एफ०आई०आर० का रजिस्टर खोलता हूँ, उसकी पेंसिल अपने हाथ में लेता हूँ और अपने सामने वाली कुर्सी पर बैठे हुए मृतका के पिता, चंद्रमोहन क्वात्रा से पूछता हूँ, "आपकी बेटी हमारे एस०पी० साहब को कब से जानती थी?"

बॉस के आने तक मुझे उन्हें बातों में उलझाए रखना है। बिना कुछ दर्ज किए।

"मेरे लिए यह अत्यंत लज्जा का विषय है और मैंने उससे नाता भी तोड़ रखा था किंतु उसकी मृत्यु ने मुझे फिर उससे ला जोड़ा है..." तना हुआ उनका चेहरा एकदम ढीला पड़ जाता है। उठी हुई ठुड्डी नीचे गरदन पर गिर जाती है और वे फूट-फूटकर रोने लगते हैं; बीच-बीच में अपने विलाप-भरे वाक्य जोड़ते हुए : 'वह सबसे ज्यादा मेधावी थी...'; 'सबसे ज्यादा खूबसूरत...'; 'कुल जमा तेईस वर्ष की आयु में उसने इतने बड़े स्पोर्ट्स कॉलेज में अध्यापिकी पा ली थी...; वार्डनशिप पा ली थी...'

"वार्डनशिप!" मैं चौंकता हूँ, "लेकिन आपकी बेटी तो हमारे चौक क्षेत्र के इस नवाब टोले में पिछले साल ही से एक किराये के मकान में रह रही थी..."

स्पोर्ट्स कॉलेज दूसरे थाना क्षेत्र में पड़ता है।

"हमारा दुर्भाग्य। जो वह वार्डनशिप उसके हाथ से निकल गई..." उनका कोप उनके चेहरे पर लौट रहा है, शोकाकुलता को मिटाता हुआ...

"कैसे?" मैं पूछता हूँ।

"डेढ़ वर्ष पहले स्पोर्ट्स कॉलेज के उस गर्ल्ज हॉस्टल की एक छात्रा की आकस्मिक प्रसूति के कारण हुई मृत्यु पर भयंकर बखेड़ा खड़ा हो गया था। आशा की जवाबदेही शंका के घेरे में आ गई थी। तिस पर पुलिस के हस्तक्षेप ने मामला और पेचीदा बना दिया था। जभी तो इस दुष्ट एस०पी० से मेरी अभागी बेटी की भेंट हुई रही..."

"आपके परिवार में और कौन-कौन हैं?"

"मेरी पत्नी है। दो बेटियाँ हैं।"

"वे क्या करती हैं?"

"मेरी पत्नी एक स्कूल में गेम्ज टीचर हैं। बड़ी बेटी लखनऊ के एक बी०पी०एड० सेंट्रल स्कूल में स्पोर्ट्स टीचर। आशा हमारी मझली थी," एक पल के लिए उनका गला भर आया है किंतु अगले ही पल वे अपने को सँभाल ले जाते हैं।

"एक ही परिवार में इतने स्पोर्ट्स परसंज!" अपना परिचय देते समय वे मुझे बता चुके हैं कि वे स्वयं उधर अपने कस्बापुर के फिजिकल ट्रेनिंग कॉलेज में अध्यापक हैं, "एक ही परिवार में इतने अध्यापक!"

प्रभावित होने का भाव मैं अपने चेहरे पर ले आता हूँ। शायद मैं उनसे प्रभावित हो भी पा रहा हूँ। उनकी आयु पचपन और अट्ठावन के बीच कुछ भी हो सकती है। किंतु उनकी देह का गठन अभी भी खूब कसरती है; बलिष्ठ है। उनके दिखाव-बनाव में कहीं विपुलता नहीं; कहीं अप्राकृतिकता नहीं। आधे से अधिक

सफेद हो चुके अपने बालों पर उन्होंने किसी खिजाब की परत नहीं डाल रखी। पुरानी काट का वे एक साधारण सफारी सूट पहने हैं। उनके चश्मे का फ्रेम भी पुराना है। किंतु प्रियदर्शी उनके चेहरे पर एक उज्ज्वलता है, एक गरिमा है। यह अनुमान लगाना कठिन नहीं, उनका अनुशासन स्वगृहीत एवं स्वतः पूर्ण है। जभी वे दूसरों से भी उसकी अपेक्षा रखते हैं।

"लेकिन सभी ठगे गए। दो बार ठगे गए। पहली बार जब उस दुष्ट के विहार को हम आँखें मूँदकर प्रेम समझ बैठे और हमारी आँखें तब खुलीं जब हमने उसके विवाह के फोटो समाचार-पत्रों में छपे देखे। और दूसरी बार जब आशा के डिप्रेशन के उपचार के अंतर्गत उसके डॉक्टर ने हमें इस बेगाने शहर में उसकी स्पोर्ट्स कॉलेज वाली नौकरी नहीं छुड़वाने दी, यह तर्क देकर कि आशा को यह नौकरी व्यस्त रखेगी और रही उस दुष्ट की बात तो वह अपने ससुर के भय से स्वयं ही आशा से दूरी बनाए रखेगा। और जब तक हमने जाना दुष्ट ने आशा पर अपने पूर्वाधिकार का लाभ उठाकर उसे पुनः वशीभूत कर लिया है, मूर्खा औचित्य-अनौचित्य की सीमा लाँघ चुकी थी···"

"और आपने उन्हें अपने स्नेह से वंचित कर दिया? नवाब टोला के उनके पड़ोसी बता रहे थे वे उन्हें हमेशा अकेली ही दिखाई दिया करती थीं। बुर्के वाली उस टहलिन के अतिरिक्त उनके मकान में किसी का भी आवागमन न रहा···"

"हम उससे रूठे रहे, अड़े रहे कि हमें मनाना चाहती है तो उस दुष्ट को छोड़ आओ। फिर उसकी रखवाली के लिए बौरजो तो रखा ही रहा···"

"उनके पड़ोसी बता रहे थे वह कुत्ता कम और भेड़िया ज्यादा मालूम देता था···"

"असली नसल का बौरजो था। मेरी सास उसकी तीनों पीढ़ी के सायर और डैम ब्रीडरर्ज को जानती रहीं। संयोगवश यह बौरजो जभी पैदा हुआ था जिन दिनों आशा अपने डिप्रेशन के उपचार हेतु हमारे पास कस्बापुर में थी और घर ही पर रहती थी। ऐसे में नन्हे बौरजो की देखभाल उसी के जिम्मे ज्यादा रही और बौरजो भी उसी के संकेत पर सर्वाधिक फुर्ती और उछाल ग्रहण करता था। फिर जब आशा इधर अपनी ड्यूटी पर लौटी तो हमने वह रखवाल दूत उसके संग इधर भेज दिया। और भेद की एक बात बताऊँ?"

"जरूर बताइए क्योंकि मेरे पास भी आपको बताने के लिए भेद की एक बात है," मैं कहता हूँ।

"तो तुम्हीं पहले बताओ···"

बेटी की मृत्यु से उनका ध्यान हटाने की खातिर मैं उनकी बात मान लेता हूँ, "मेरे पिता आज जीवित नहीं किंतु आपको देखकर आज उनकी याद जरूर ताजा हो गई। आज यदि वे जीवित होते तो लगभग आप ही की आयु के होते और आप ही जैसे दिखाई देते···"

मेरे भेद में सच घुला है।

"तुम्हारे पिता नहीं हैं?" वे मेरी ओर स्नेह से देख रहे हैं।

"नहीं हैं। नौ वर्ष पहले मैंने उन्हें एक सड़क दुर्घटना में खो दिया था···"

ऐसा लगता है वे मेरी आँखों में अपनी आँखें गड़ा देते हैं, "मेरे परिवार में यदि एक पुत्र ने जन्म लिया होता तो वह जरूर तुम्हारे जैसा होता···"

उनकी आँखों की ज्वाला मेरी आँखों में उतरना चाहती है। किंतु मेरे मन में एक अनजाना सागर उमड़ने लगा है। मैं नहीं जानता, इसे मेरे पिता की स्मृतियाँ मेरे समीप लाई हैं या फिर चंद्रमोहन क्वात्रा की ये अपेक्षाएँ-आशाएँ जो बॉस के यहाँ पहुँचने पर अभी धराशायी होने जा रही हैं। बाहर बज रहा मोटरगाड़ी का सायरन उनके आगमन की सूचना है। मुझे उनका बाहर जाकर स्वागत करना होगा। अपनी कुर्सी से मैं उठ खड़ा हुआ हूँ।

अपनी गाड़ी से बॉस एक राजा की भाँति उतरते हैं।

अपने फुल फार्म में, अपनी वर्दी में, रिवॉल्वर से लैस, पूर्ण सज्जित एवं प्रसाधन-युक्त। उनसे पहले उनका तीखा 'आफ्टर-शेव' मेरी दिशा में आ लपकता है।

"कैसे हो निझावन?" वे मुझे मेरे 'सर-नेम' ही से पुकारते हैं। बिना मेरा पहला नाम, अशोक उसमें जोड़े। अपनी सत्ता की विज्ञप्ति निमित्त भी और उस संयोग के निमित्त भी, जिसके अंतर्गत उनके 'सरनेम', कुलश्रेष्ठ, से पहले अशोक ही लगता है।

"सर," मैं अपनी आज्ञाधीनता दर्ज करता हूँ।

अपने फौलोअर्ज और गनर को बॉस वहीं रुके रहने का संकेत देते हैं और मेरे साथ आगे बढ़ लेते हैं।

"बुढ़ऊ अभी भी अंदर है क्या?" वे आवेशित हैं।

"यस, सर···"

"आए टेल यू, निझावन, यू गिव एन इंच टू दीज़ मिडल क्लास पीपल एंड दे विल टेक अ होल माइल। मैं बता रहा हूँ, निझावन, इन मध्यवर्गीय लोगों को आप

एक इंच भी देते हैं तो वे एक पूरा मील जीत ले जाना चाहते हैं···"

"यस, सर···"

"कहिए," बॉस मेरे कमरे में दाखिल होते हैं।

अपने धूप के चश्मे को आँखों पर चढ़ाए-चढ़ाए।

उन्हें सामने पाकर चंद्रमोहन क्वात्रा अचरज से मेरा मुँह ताकते हैं, "तुमने इसे यहाँ बुलाया है?"

"आप भूल रहे हैं इस जिले का मैं कप्तान हूँ और मेरा कोई भी सी०ओ० मेरी आज्ञा का उल्लंघन नहीं कर सकता। क्यों, निझावन?"

"सर!" मैं अपना सिर झुकाता हूँ। प्रोटोकॉल के अधीन।

चंद्रमोहन क्वात्रा अपनी कुर्सी पर ज्यों के त्यों बैठे रहते हैं। बॉस के सम्मान में खड़े होने की चेष्टा तक नहीं करते।

बॉस के लिए शायद यह नई बात नहीं है। वे इसे सहज स्वीकार कर रहे हैं, मानो चंद्रमोहन क्वात्रा की यह आदत रही हो और बॉस उनकी इस आदत के अभ्यस्त हों।

"आप सीधे मेरे पास क्यों नहीं आए?" स्वप्रेरक मुद्रा में बॉस मेरी कुर्सी पर जा बैठे हैं।

उनकी तरफ से अपने बैठने का कोई संकेत न पाकर मैं उनकी बगल में खड़ा रहता हूँ।

"तुम्हारे पास आता तो क्या तुम बौरजो मुझे सौंप देते? या फिर स्वीकार कर लेते, उसे भी तुमने आशा की तरह खत्म कर डाला है?" चंद्रमोहन क्वात्रा तन लिए हैं।

"यू आर इन अ टिज्जी। आपका चित्त अव्यवस्थित है···"

"चित्त तो तुम्हारा भी व्यवस्थित नहीं रह पाएगा जब नवाब टोला के रहने वालों के सामने तुम्हें बुर्का पहनाकर चलने पर मजबूर किया जाएगा और वे कहेंगे–हाँ, हाँ। यह ठेलमठेल और यह डील-डौल पहचान रहे हैं। यही वह बुर्के वाली है जिसने आशा क्वात्रा के कुत्ते को अगवा किया है···"

"क्लैम अप। चुप रहो।"

"मैं चुप नहीं रह सकता। चुप नहीं रहूँगा···"

"आप शायद जानते नहीं नवाब टोला में आधी से ज्यादा स्त्रियाँ बुर्का पहनती हैं और···"

"आप नहीं जानते, यहाँ के सिविल अस्पताल में मेरे एक विद्यार्थी की बहन

डॉक्टर है जो मुझे आप लोगों की पूरी खबर भेजा करती थी। उसे मालूम है आशा को तुमसे गर्भ ठहर गया था और वह भ्रूण की डी०एन०ए० रिपोर्ट भी तैयार करवाएगी…"

"डू अ डबल-टेक। दोबारा विचार कीजिए। आशा नाबालिग नहीं थी। बेपढ़ नहीं थी। उसका गर्भ उसके यौनसुख का फल था, किसी बलात्कार का नतीजा नहीं। आइ टेल यू शी हैड ए बैड क्रश ऑन मी। मैं आपको बता रहा हूँ वह मुझ पर बुरी तरह रीझी रही…"

"और बदले में तुमने उसे जला डाला?" चंद्रमोहन क्वात्रा के चेहरे की सभी मांसपेशियाँ और हड्डियाँ हरकत में आ रही हैं। उनकी भौंहें उनके माथे की त्यौरियाँ छूने लगी हैं। फूले हुए उनके नथुने उनके गालों पर मुड़क लिए हैं। दाँत एक-दूसरे पर मसमसा रहे हैं और जबड़ा ऊपर-नीचे चढ़-उतर रहा है। उनकी ठुड्डी और गरदन की झुर्रियाँ और लकीरों को उभारता हुआ।

"आइ हैव हैड अ बैलीफुल ऑव योर बैलीएकिंग। शिकायत करने की आपकी आदत से मैं अघा गया हूँ," बॉस के स्वर में अहंकार भरी खीज है, "सच आप मुझसे सुनिए। नवाब टोला वाले गवाह हैं इधर कुछ दिनों से उसके घर से उसके कुत्ते की भौंक के साथ कुछ न कुछ जलने की बदबू उन्हें बराबर आया करती थी। कभी कपड़ा, कभी चमड़ा, कभी प्लास्टिक, कभी पॉलीथीन। उनके पूछने पर अव्वल तो पहले वह दरवाजा खोलती ही नहीं और जब खोलती तो कभी बोलती, मैं फल और सब्जियों के छिलके जला रही हूँ, कभी बोलती मैं अपने पुराने कपड़े जला रही हूँ, कभी बोलती मैं अपने पुराने जूते जला रही हूँ। उसी झख में परसों उसने अपने आप को जला डाला है। यह सीधा-सीधा एक आत्महत्या का केस है।"

बिना कोई चेतावनी दिए चंद्रमोहन क्वात्रा गोली की गति से अपनी कुर्सी से उठते हैं और मेज की दूसरी तरफ बैठे बॉस पर झपट लेते हैं।

अप्रत्याशित इस आक्रमण की प्रतिवर्ती क्रिया में बॉस गिर रहे अपने धूप के चश्मे को सँभालने की बजाय अपने हाथ अपने रिवाल्वर की दिशा में बढ़ा रहे हैं।

उन्हें रोकने के लिए मैं मेज पर रखी अपनी घंटी टनटनाता हूँ। पूरे जोर के साथ।

चंद्रमोहन क्वात्रा छिटककर बॉस से अलग हो लेते हैं।

"हुजूर!", "हुजूर!", "हुजूर!"

थाने में जमा सभी पुलिस-बूट मेरे कमरे में पहुँच रहे हैं। सलामी देकर 'सावधान' की मुद्रा में बॉस से अपने आदेश लेने हेतु।

लेकिन बॉस उन्हें कोई आदेश नहीं दे रहे। वे चुप हैं। चतुर हैं जो अपनी सार्वजनिक छवि जोखिम में नहीं डाल रहे।

मैं उनके समीप पहुँचता हूँ और जमीन पर गिरा उनका धूप का चश्मा उठाकर मेज पर टिका देता हूँ। तत्काल वे उसे मेज से उठाकर अपनी आँखों पर चढ़ा लेते हैं और वापस मेरी कुर्सी पर बैठ जाते हैं।

चंद्रमोहन क्वात्रा अब सुरक्षित हैं।

"आइए," मैं उनकी पीठ घेर लेता हूँ, "मैं आपके साथ बाहर चलता हूँ···"

"मुझे रास्ता मालूम है," वे मेरा हाथ पछाड़ देते हैं, "मुझे सभी रास्ते मालूम हैं और मैं अपनी लड़ाई जारी रखूँगा। और मुझे खुशी है तुम मेरे पुत्र नहीं हो···"

बढ़ रहे पुलिस बूटों के बीच वे अपना रास्ता बनाते हैं और हमारी आँखों से ओझल हो लेते हैं।

"वॉट एन इनफ्रा डिग टू कम्युनिकेट विद एन एक्स-डबल-माइनस! ऐसी नीच और दोहरी मनफी से कुछ कहना-सुनना प्रतिष्ठा के एकदम विरुद्ध है!"

"यस, सर," मेरे कमरे में जमा सभी अधीनस्थ कर्मचारी समवेत स्वर में अपनी जी-हुजूरियाँ प्रदर्शित करते हैं।

मेरे अतिरिक्त।

मुझे काठ मार गया है।

('नया ज्ञानोदय', नवंबर, 2007)

मुरदा दिल

सोने से पहले मैं रंभा का मोबाइल जरूर मिलाता हूँ। दस और ग्यारह के बीच। 'सब्सक्राइबर नाट अवेलेबल' सुनने के वास्ते।

लेकिन उस दिन वह उपलब्ध रही--"इस वक्त कैसे फोन किया, सर?"

"रेणु ने अभी फोन पर बताया, कविता की शादी तय हो गई है," अपनी खुशी को तत्काल काबू कर लेने में मुझे पल दो पल लग गए।

रेणु मेरी बहन है और कविता उसकी बेटी। रंभा को मेरे पास रेणु ही लाई थी—'भाई, यह तुम्हारा सारा काम देखेगी। फोन, ई-मेल और डाक···!'

"हरीश पाठक से?" रंभा हँसने लगी।

"तुम्हें कैसे मालूम?"

"उनके दफ्तर में सभी जानते थे," रंभा ने कुछ महीने कविता की निगरानी में क्लर्की की थी। रंभा हमेशा ही कोई न कोई नौकरी पकड़े रखती थी, कभी किसी प्राइवेट दफ्तर में रिसेप्शनिस्ट की तो कभी किसी नए खुले स्कूल में अध्यापिका की तो कभी किसी बड़ी दुकान में सेल्सगर्ल की। रेणु को रंभा कविता की मार्फत मिली थी।

"तुमने मुझे कभी बताया नहीं?"

मैंने बातचीत जारी रखनी चाही। रंभा की आवाज मुझे मरहम लगाया करती।

"कैसे बताती, सर? बताती तो वह चुगली नहीं हो जाती क्या?"

"ओह!" मैं अंदर तक गुदगुदा गया। उसकी दुनिया बड़ी संकीर्ण थी। उसे मेरी दुनिया का ज्ञान केवल सतही स्तर पर रहा।

"अच्छा, बताओ," मैंने पूछा—"कविता की शादी पर मेरे साथ चलोगी?"

मेरी पत्नी मेरे परिवार में मेरी बहनों के बच्चों की शादी में नहीं जाती थी—'यही क्या कम है जो आपकी तीन-तीन बहनों का आपकी बगल में बैठकर कन्यादान कर चुकी हूँ?' कुल जमा तीस वर्ष की उम्र में पिता को खो देने के बाद अपने परिवार में मुझे 'मुखिया' की भूमिका तो निभानी ही पड़ती थी।

"क्यों नहीं चलूँगी, सर?" रंभा उत्साहित हुई—"कविता जीजी का मुझ पर बहुत

अहसान है। उन्हीं के कारण ही तो आपसे भेंट हुई··· ।"

"तुम्हारे परिवार वाले तो हल्ला नहीं करेंगे?" मैंने पूछा।

वह विवाहिता थी। सात साल पहले उसके हेडक्लर्क पिता ने उसका विवाह अपने ही दफ्तर में नए आए एक क्लर्क से कर दिया था और अब छह साल की उम्र की उसकी एक बेटी भी थी। तिस पर उसके सास-ससुर भी उसके साथ ही रहते थे।

"बिलकुल नहीं, सर! वे सभी जानते हैं आपकी नौकरी मुझे शहर के बाहर भी ले जा सकती है···"

"और तुम भी यही समझती हो, मेरे साथ कविता की शादी में जाना तुम्हारी नौकरी का हिस्सा है?" मैंने उसे टटोला!

"नहीं, सर! मैं जानती हूँ, सर! मैं समझती हूँ, सर! आप मुझ पर कृपा रखते हैं।"

मेरे डॉक्टर ने मुझे सख्त मना कर रखा था, रंभा को कभी यह मालूम न होने पाए, उसके संसर्ग में रहने ही के कारण मेरी दवा की खुराक पचास एम०जी० (मिलीग्राम) से पाँच एम०जी० तक आ पहुँची थी। वह नहीं जानती थी, कृपा करने वाली वह थी, मैं नहीं।

"अच्छा बताओ, इस समय तुम क्या कर रही हो?"

"मैं कपड़े धो रही हूँ, सर!"

"इस सर्दी की रात में?"

"इस समय पानी का प्रेशर अच्छा रहता है, सर, और मेरी सास तो रोज ही इस समय कपड़े धोती हैं। आज उनकी तबीयत अच्छी नहीं थी, सो मैं धो रही हूँ।"

"तुम्हारे पति कहाँ हैं?"

"वे सो रहे हैं, सर। दफ्तर में आज ओवर टाइम लगाया था। सो खाना खाते ही सो गए···!"

शुरू में रंभा का पति उसे मेरी फैक्टरी में छोड़ते समय लगभग रोज ही मुझे सलाम करने मेरे कमरे में आ धमकता था। फिर जल्दी ही मैंने रंभा से कह डाला था—'अपने पति को बता दो, बिना मेरे दरबान की अनुमति लिए उसका मेरे कमरे में आना मेरे कर्मचारियों को गलत सिगनल दे सकता है···!'

वह यों भी मुझे खासा नापसंद था। शोचनीय सीमा तक निम्नवर्गीय और चापलूस। वैसे तो रंभा का दिखाव-बनाव भी निम्नवर्गीय था—अटपटे, छापेदार सलवार सूट, टेढ़ी-मेढ़ी पट्टियों वाली सस्ती सैंडिल और मनके जड़ा कैनवस का

बटुआ। मेरी पत्नी अकसर कहा करती थी—स्त्री की कीमत उसकी एकसेसरीज़ (उपसाधन) परिभाषित करती हैं, और उनमें भी उसका बटुआ और जूता।

"तुम कब सोओगी?" मैंने पूछा।

लेकिन उसका उत्तर सुनने से पहले मेरे कमरे का दरवाजा खुल गया।

सामने बेटी खड़ी थी।

"मालूम है?" वह चिल्लाई—"उधर ममा किस हाल में हैं?"

"क्या हुआ?" मैंने अपना मोबाइल ऑफ कर दिया और उसे मेज पर रखकर बगल वाले कमरे की ओर लपक लिया।

रात में मेरी पत्नी दूसरे कमरे में सोया करती और बेटी तीसरे में। नौकर की संभावित शैतानी के भय से रात में हम तीनों ही के कमरों के दरवाजे अपने-अपने ऑटोमेटिक ताले के अंतर्गत अंदर से बंद रहा करते। लेकिन हमारे पास एक-दूसरे के कमरे की चाभी जरूर रहा करती। जिस किसी को दूसरे के पास जाना रहता, बिना दरवाजा खटखटाए ताले में चाभी लगा दी जाती और कमरे में प्रवेश हो जाता।

पत्नी के कमरे का दरवाजा पूरा खुला था और वह अपने बिस्तर पर निश्चल पड़ी थी।

"क्या हुआ?" मैं उसके पास जा खड़ा हुआ।

उत्तर में उसने अपनी आँखें छलका दीं। यह उसकी पुरानी आदत थी। जब भी मुझे खूब बुरा-भला बोलती, उसके कुछ ही घंटे बाद अपने आप को रुग्णावस्था में ले जाया करती।

उस दिन शाम को उसने मुझसे खूब झगड़ा किया था। बेटी के साथ मिलकर। मेरी दूसरी बहन इंदु की टिकान को लेकर। इधर कुछ वर्षों से जब भी मेरी बहनें या उनके परिवारों के सदस्य मेरे शहर आया करते, मैं उन्हें अपने घर लाने की बजाय अपने क्लब के गेस्ट हाउस में ठहरा दिया करता।

"आज इंदु जीजी को बाजार में देखा!" पत्नी गुस्से से लाल-पीली हुई जा रही थी—"तुम्हारे ड्राइवर के साथ।"

हम पति-पत्नी के पास ही नहीं, हमारी बेटी के पास भी अपनी निजी मोटरकार रही। बेशक उसकी वह मोटर मेरी ही खरीदी हुई थी—उसके दहेज के एक अंश के रूप में। हमारी इकलौती संतान होने के कारण उसके लिए हमने ऊँची ससुराल चुनी थी। किंतु उसने छठे महीने ही अपने पति से तलाक लेने का निर्णय कर लिया था और हमारे पास अपनी इसी मोटरकार में चली आई थी।

"स्टॉप!" मैं चिल्लाया था। मेरे मनोचिकित्सक ने मुझे कह रखा था कि जब भी कोई नकारात्मक भावना मेरे मन को कचोटे, मुझे उस पर फौरन स्टॉप लगा देना चाहिए।

"नहीं, मैं स्टॉप नहीं करूँगी। बोलूँगी, जरूर बोलूँगी। तुम्हारी बहन शहर में हो और मुझे खबर तक न मिले…!"

"क्योंकि मैं उसे तुम्हारे विकराल रूप से बचाना चाहता था।" मैं मुकाबले के लिए तैयार हो गया। मेरे 'सेशंस' के दौरान मुझे यह भी बताया गया था–'जब गुस्सा आए, तो उसे बाहर आने दो–उसे दबाओ नहीं।' बल्कि मेरे मनोचिकित्सक का मानना था कि मुझे डिप्रेशन (अवसाद) का रोग ही अपने गुस्से को लगातार वर्षों दबाए रखने के कारण हुआ है।

"मैं विकराल हूँ?" पत्नी चीख पड़ी थी–"और वह इंदु जीजी, नन्ही रेड राइडिंग हुड?"

"पपा!" बेटी भी मेरी पत्नी के साथ ऐंठ ली थी–"आपने अंधे कुएँ में छलाँग लगा रखी है। उन बहनों को आप अपने परिवार के ऊपर रख रहे हैं जिन्होंने बुरा वक्त आने पर आपके किसी काम नहीं आना।"

मुझसे तथा मेरे परिवार के सदस्यों के संग मेरी पत्नी और बेटी का व्यवहार लज्जाजनक था।

"बुरा वक्त तुम किसे कहती हो?" मैं आपे से बाहर हो लिया था–"मुझ पर जो वक्त आज बीत रहा है, उससे ज्यादा बुरा और क्या होगा? क्या हो सकता है? अपना नाश्ता मैं नौकर से माँगता हूँ। दोपहर का खाना फैक्ट्री में खाता हूँ और रात का क्लब में…!"

"वह इसलिए क्योंकि आप एक बुरे कारखानेदार हैं, एक बुरे पति हैं, एक बुरे पिता हैं…!" बेटी ने जोड़ा था।

"स्टॉप!" मैं फिर चिल्लाया था। उसने मुझे याद दिला दिया था, इधर कुछ वर्षों से मेरी फैक्टरी दोबारा घाटे में चल रही थी। सन् 1970 में मेरे पिता ने अपने कस्बापुर की पुश्तैनी जमीन बेचकर इधर लखनऊ में एक साबुन बनाने वाला पुराना कारखाना खरीदा था और उसे नया नाम दे दिया था–न्यू सोप फैक्टरी। जो 'ओवर हौलिंग' (पूरी मरम्मत) के बावजूद सन् 1980 के आते-आते गच्चा खाने लगी थी और नौबत यहाँ तक पहुँच ली थी कि लोग-बाग उसकी नीलामी तक की बात करने लगे थे। ऐसे में मेरे भावी ससुर ने मेरे पिता को ऋण दिया था ताकि हम नई बौएलर केतली, नया क्रच्चर, नया प्लौडर, नया कटर खरीद सकें। बेशक वह ऋण उन्हें फिर

कभी नहीं लौटाया गया था। उन्हीं के आग्रह पर। अपनी इस हठधर्मी बेटी को 1981 में मुझसे ब्याहने की अग्रभूमि तैयार करने हेतु।

"ममा का दिल डूब रहा है!" बेटी की घबराहट उसकी आवाज में चली आई–"मैंने डॉक्टर मल्होत्रा को बुलवा लिया है।"

सहसा मुझे लगा, मेरा दिल भी डूब रहा था और अब मैं और देर खड़ा नहीं रह पाऊँगा।

मैं पत्नी के बिस्तर पर बैठ गया।

वह निश्चल पड़ी रही।

झल्लाकर दूर नहीं खिसकी।

डॉ० मल्होत्रा के आने तक मैं चुपचाप वहीं बैठा रहा। कमरे में उष्णता की तेज लहरें छोड़ रहे हीटर के बावजूद एक असह्य शीत झेलता हुआ।

बेटी जरूर अपनी माँ से बात करने का प्रयास करती रही।

"ममा, आपको कुछ नहीं हुआ!"

"ममा, आपको कुछ नहीं होगा…!"

"ममा, मैं दुर्गा सप्तशती का अर्गला स्तोत्र पढ़ती हूँ–

ओऽम् जयंती मंगला काली भद्रकाली कपालिनी
दुर्गा रमा शिवा धात्री स्वाहा स्वाहा नमोऽस्तुते।"

"ममा, मैं हनुमान चालीसा से पाठ करती हूँ–

जाके बल से गिरिवर काँपे
रोग-दोष जाके निकट न झाँके।"

बेटी के बोल पत्नी को जरूर छू रहे थे। उसकी आँखों के आँसू उसके गालों पर लंबी धारियाँ बनाते रहे थे।

डॉ० मल्होत्रा ने आते ही मेरी पत्नी की नब्ज टटोली और फिर उसका ई०सी०जी० लिया।

"इन्हें अभी अस्पताल ले जाना होगा। नब्ज बहुत धीमी है और दिल की हालत ठीक नहीं। इनके ऑपरेशन की नौबत भी आ सकती है…।"

"कितना रुपया लेते चलें?" बेटी ने मेरी तरफ देखा।

इधर कुछ वर्षों से पत्नी अपने निजी खर्चे अपने घर में खुले बुटीक की आय से करने लगी थी। उसकी तैयार की गई पोशाकें अच्छी बिक जाया करतीं–उसे

अच्छी-खासी आय प्रदान करने के लिए।

"क्रेडिट कार्ड नहीं चलेगा क्या?" मैंने डॉ० मल्होत्रा की दिशा में देखना शुरू कर दिया।

"क्यों नहीं? आप चलिए तो। हमें इस समय एक पल भी नहीं गँवाना चाहिए।"

मोटरगाड़ियों में मेरी मोटर सबसे बड़ी थी।

पत्नी को उसी की पिछली सीट पर लिटा दिया गया। बेटी की गोदी में उसका सिर टिकाकर।

बेटी के आग्रह पर डॉ० मल्होत्रा ने अपनी मोटर हमारे ही घर पर छोड़ दी और मेरे साथ अगली सीट पर बैठ गए।

मोटर मैंने चलाई।

लेकिन अभी हम रास्ते ही में थे कि बेटी, चीखने लगी—"रुकिए पपा! डॉ० साहब को ममा की नब्ज फिर से देखने दीजिए। उन्हें बहुत पसीना आ रहा है…!"

डॉ० मल्होत्रा ने पहले अपने हाथ से मेरी पत्नी की नब्ज देखी, फिर अपने बैग में से टॉर्च निकाली और उसकी रोशनी मेरी पत्नी की आँखों पर फेंकी।

उसकी पलकें निश्चल रहीं। झपकीं नहीं।

"मुझे खेद है!" डॉ० मल्होत्रा ने अपना सिर हिला दिया।

"ममा, मेरी ममा…!" अपने रूमाल में मुँह छिपाकर बेटी सिसकियाँ भरने लगी।

मैंने मोटर घर की दिशा में वापस ले ली।

घर पहुँचने पर अवसर मिलते ही मैं अपने बाथरूम में बंद हो गया।

सर्दी के मौसम में ठंड का दाब सबसे ज्यादा मेरे पेट को झेलना पड़ता। अतिसार के रूप में।

बाथरूम से निकलते ही मेरी नजर अपने मोबाइल पर जा पड़ी।

मैंने उसे उठा लिया। रंभा का नंबर डिलीट करने के इरादे से।

किंतु मेरे हाथ ने मोबाइल को कमांड दिया—'कॉल'।

"यस, सर!" रंभा ने अपना मोबाइल पहली ही घंटी पर उठा लिया—"आप ही के फोन के इंतजार में मैं जब से बैठी हूँ, सर! वरना मेरे कपड़े सभी धुल चुके हैं…!"

रंभा के हाथ में वह मोबाइल पकड़ाते समय मैंने उसे दो आदेश दिए थे—पहला, इसके बजने पर वही इसे सुनेगी, और कोई नहीं और न सुन पाने की स्थिति में वह इसे 'स्विच ऑफ' के मोड पर रखा करेगी। दूसरा, वह इस मोबाइल से मुझे कभी कॉल नहीं करेगी। फोन यदि बीच में कट जाएगा तो उस स्थिति में वह मेरे दोबारा फोन करने की प्रतीक्षा करेगी। जरूर।

"वह मर गई है!" मैंने कहा।

"आप फिर मजाक कर रहे हैं, सर!" उसने हीं-हीं छोड़ी।

एक धक्के के साथ मुझे याद आया मैं उसे पहले भी ऐसा कहता रहा था।

"और अगर यह मजाक नहीं है, सर, तो कल मैं अपनी नौकरी बदल लूँगी। फैक्टरी छोड़ दूँगी और बुटीक पकड़ लूँगी।"

मैंने अपना मोबाइल काट दिया।

('आजकल', दिसंबर, 2008)

दो मुँह हँसी

"ऊँ ऊँ," सुनयन जगा है।

बिजली की फुर्ती से मैं उसके पास जा पहुँचता हूँ। रात में उसे कई बार सू-सू करने की जरूरत महसूस होती है।

जन्म ही से उसकी बुद्धि दुर्बल है और इधर एक साल से तो उसका जीवन-प्रवाह भी बहुत दुर्बल हो गया है। उसके सभी कामकाज अब उसके बिस्तर पर ही मुझे निपटाने पड़ते हैं। उसके इस इक्कीसवें साल में।

यहीं मैं उसे खाना खिलाता हूँ, स्नान कराता हूँ। पोशाक पहनाता हूँ। यहाँ तक कि उसके शौच तक का सुभीता भी मुझे यहीं उसके बिस्तर पर जुटाना पड़ता है।

"आँ···आँ," पेशाब कर लेने के बाद वह मुझे ताकने लगता है···।

क्या वह मुझसे गुणी का पता लेना चाहता है?

गुणी के लिए वह 'आँ' बोलता है, ममा नहीं और मेरे लिए ऊँ, 'पपा' नहीं।

उसे मैं ईश्वर के कृपाडंबर का कटाक्ष मानता हूँ जबकि गुणी उसे अपने व्यभिचार का ईश्वर-दंड मानती थी। गर्भ धारण करते समय गुणी मेरी नहीं, चंद्रकिशोर की पत्नी रही थी और जैसे ही उसने अपनी पत्नी के गर्भ का सच जाना था, उसने उसे अविलंब तलाक देकर हमारे विवाह का रास्ता सुसाध्य बना दिया था।

"आँ···आँ···आँ," सुनयन दरवाजा ताक रहा है···

परसों जब गुणी अस्पताल गई थी तो इस दरवाजे पर पहले रुक गई थी। लगभग डोलती-सी। चुन्नी का सहारा लिए-लिए।

चुन्नी उसकी छोटी बहन है जिसे यहाँ जरूरत के दिनों में गुणी अपने पास बुला लिया करती थी। पिछले साल हुई अपनी माँ की मृत्यु के बाद अपनी इकलौती बहन के गुणी और समीप आ गई थी।

"आँ···आँ," सुनयन माँ के लिए मचल उठा था।

अपनी हाँफ के साथ गुणी तत्काल सुनयन के बिस्तर पर आ पहुँची थी।

"आँ" सुनयन ने माँ की उपस्थिति का स्वागत किया था।

उत्तर में गुणी ने उसका गाल सहला दिया था। थपथपाया था।

"चलें?" चुन्नी ने पूछा था।

गुणी ने सुनयन का दूसरा गाल छुआ था और चुन्नी उसे तत्काल कमरे से बाहर ले गई थी।

"आँ···आँ," सुनयन ने उसे पुकारा था।

लेकिन गुणी ने पीछे मुड़कर नहीं देखा था।

फिर कल चुन्नी अकेली आई थी। दबे पाँव। मृत गुणी के दूसरे कपड़े उठाने। सुबह-सवेरे दाह-कर्म के लिए गुणी को उधर अस्पताल से तैयार करने के लिए ताकि सुनयन को अजनबी चेहरों और आवाजों से दूर रखा जा सके। रात वहीं चुन्नी ने गुणी के साथ गुजारी थी। और आज सुबह आठ बजे तक मुझे यहीं सुनयन के साथ बने रहना पड़ा था। अपने एक परिचित की प्रतीक्षा में, जिसे सुनयन के पास बिठाकर मैं दाह-गृह पहुँच सका था।

दहन बिजली द्वारा आधे घंटे में खत्म हो गया था। नौ बजे तक मैं लौट भी आया था।

उस 'ब्लैक डॉग' के साथ जिसका उल्लेख सैमुअल जानसन ने अपनी मृत्यु से एक साल पहले 28 जून, 1783 के दिन लिखे अपने एक पत्र में किया था, जहाँ अपने मैलेनकोलिया, अपने विषाद-रोग को उसने ब्लैक डॉग नाम से पुकारा था। बाद में, बेशक, विंस्टन चर्चिल ने भी अपने विषाद के मियादी दौरों के लिए इसी मुहावरे का इस्तेमाल किया था।

"तुम्हें 'आँ' चाहिए?" मैं सुनयन से पूछता हूँ।

"आँ···आँ," वह हुहुआता है।

"आँ चाहिए तो सो जाओ। वह तुम्हारी नींद में आएगी। जानते हो वह तुम्हारी फोटो, तुम्हारी फिक्र अपने साथ ले गई है?"

मेरी आवाज ढुलक रही है। चुन्नी की आवाज की तरह, जब उसने मुझे बताया था अपने अंतिम पलों में गुणी ने सुनयन की फोटो माँगी थी। अपने सीने से चिपकाने के लिए। जभी गुणी का मृत चेहरा इतना तरल था? अपने स्थायी भावशून्यता की बजाय अपना पुराना भावातिरेक लिए।

सुनयन अपनी आँखें भींच रहा है···

"तुम सो जाओ···"

उसके बगल वाले बिस्तर पर मैं लेट जाता हूँ।

फिर उसके नींद में जाते ही उठ बैठता हूँ। मुझे अपने मोबाइल की आवश्यकता आन पड़ी है।

मैं चंद्रकिशोर को फोन लगा रहा हूँ।

हमारे बीच दो समुद्रों का फासला है।

"हलो," शायद उसी ने फोन उठाया है?

"मैं गजराज बोल रहा हूँ। मुझे चंद्रकिशोर से बात करनी है।"

"बोलिए," उसकी आवाज में कोई ठोस बर्फ आ घुसी है।

"गुणी कल चल बसी…"

गुणी उसकी पूर्व पत्नी थी। पूरे दो साल चार महीने तक।

"किसी बीमारी से? या यों ही अकस्मात्?" बर्फ कुड़कुड़ा रही है। पिघल रही है।

"इधर वह बहुत सिगरेट पीने लगी थी। जिस वजह से उसे फेफड़े का कैंसर हो गया था। अपने आखिरी महीनों में उसने बहुत कष्ट भोगा, बहुत कष्ट दिया।"

"यह बहुत दुर्भाग्यपूर्ण है," वह सहृदयता छलकाता है।

"हाँ। वाट शैल एक्सक्लूड द ब्लैक डॉग फ्राम अ हैबिटेशन लाइक दिस?" (उस काले कुत्ते को कैसे इस घर से अलग करूँ।)

"व्हेन आई राइज मॉय ब्रेकफास्ट इज सोलिट्री।" (जब मैं सुबह जगता हूँ तो अपने नाश्ते पर अकेला होता हूँ।)

चंद्रकिशोर भी मेरी तरह अंग्रेजी कविता और साहित्य में रुचि रखता है। मेरी उद्धृत पंक्तियों को न केवल वह पहचान लेता है बल्कि उनके पहले या बाद में आ रहे शब्दों को अक्षरशः दोहरा रहा है : "द ब्लैक डॉग वेट्स टू शेयर इट।" (वह काला कुत्ता मेरे साथ हो लेता है?)

"फ्रॉम ब्रेकफास्ट टू डिनर ही कंटीन्यूज बार्किंग," (नाश्ते से लेकर मेरे रात के भोजन तक लगातार भौंकता रहता है) मैं रो पड़ता हूँ। चंद्रकिशोर का जानसन का वह कथन मेरे साथ दोहराना मेरे सामने वे पुराने दिन लौटा लाया है जब अपने सखाभाव के तहत वह मेरी संगति में कई अंग्रेजी कविताओं और सूक्तियों का आदान-प्रदान किया करता था।

"आप अपने को सँभालिए…" चंद्रकिशोर के मन में मेरे लिए जरूर चिंता उत्पन्न हो रही है। मेरे घर से भी जब गुणी गई थी तो मेरा भी पूरा घरबार लीक से बेलीक हो गया था…

"तुम भाग्यशाली हो चंद्रकिशोर," मैं बिलखता हूँ, "गुणी ने तुम्हें समय रहते छोड़ दिया…लेकिन मुझे तो उसने ऐसे समय छोड़ा है जब मैं आगे कुछ और सोच ही नहीं सकता…"

"आप गलत कह रहे हैं," वह मुझे ढाँढ़स बँधाता है, "आप अब शादी कर सकते हैं…"

"मत कहो ऐसा," एक तीखी टीस मेरे दिल से आ टकराती है। "याद है? हमारी पहली भेंट?"

जब गुणी ने मेरी शादी की बात लगभग इन्हीं शब्दों में छेड़ी थी…

हमारी पहली भेंट सचमुच जोरदार रही थी। बाईस साल पहले।

कस्बापुर के कप्तान के पदधारण की औपचारिकता समाप्त करते ही मैं चंद्रकिशोर के सरकारी बँगले के लिए निकल पड़ा था।

वहाँ पहुँचने पर मेरे लिए बैठक खोली गई थी और पहले गुणी ही प्रकट हुई थी। खिले वसंत की लपक लिए।

"मैं आपकी नई सौत हूँ," मैंने उसके संग चुहल की थी, "आपके जिले का नया एस०पी०…"

प्रशासनिक सर्कल की कहावतों में एक यह भी प्रचलित है, जिले के कलेक्टर की दो पत्नियाँ होती हैं। एक, उसकी धर्मपत्नी और दूसरी जिले का पुलिस अधीक्षक।

"—यकीन मानिए," गुणी हँस पड़ी थी, "अपने पति को आपके साथ बाँटकर मुझे खुशी होगी…"

"मुझी को बाँटना, अपने को नहीं," अपने प्रवेश के साथ चंद्रकिशोर ने पत्नी की दिशा में लहर छोड़ी थी।

'नई पौध,' मैं मन ही मन मुस्कराया था। अपने से सीनियर बैच को हवा में उठाने को किसी का भी हवाला दे दे। कुछ भी खड़खड़ा दे। उसका बैच मुझसे पाँच साल जूनियर रहा।

"आपका परिवार साथ नहीं आया?" गुणी ने पूछा था।

"मैं अभी भी अविवाहित हूँ।" मैंने कहा था। उस समय उन्हें नहीं बताया था मेरे विधुर पिता ने अपनी एक विधवा बहन के बच्चों का जो बीड़ा शुरू से उठा रखा था, सो उनकी सेवानिवृत्ति के बाद मुझी को आगे बढ़ाना पड़ रहा था। परिणाम, वे सभी मेरे सरकारी आवासों के निवासी रहा करते।

"अभी भी क्यों कहते हैं?" गुणी ने चुटकी ली थी, "अभी कहिए।"

"फोर इयर्ज एंड थर्टी, टोल्ड दिस वेरी वीक हैव आई बीन नाऊ अ सौजौर्नर ऑन अर्थ," (चौंतीस वर्ष, इसी सप्ताह मुझे पता चला कि इस पृथ्वी पर अभी तक मेरा प्रवास रहा) जवाब में मैंने वड्र्सवर्थ के 'द प्रिल्यूड' की पंक्तियाँ कह सुनाई थीं।

"एंड यट द मार्निंग ग्लैडनेस इज नाट गॉन, विच्च देन वाज इन मॉय माइंड।" (सुबह का आह्लाद किंतु अभी गया नहीं, जो उस समय मेरे मन में डेरा डाले रहा।)

चंद्रकिशोर ने उसी पद की अगली दो पंक्तियाँ बोल दी थीं।

"इसी खुशी में आज रात का खाना आप हमारे साथ खाएँगे।" गुणी ने चंद्रकिशोर से पूछे बिना ही मुझे निमंत्रण दे डाला था।

"खुशी से···सौभाग्य से···" एक नई गुनगुनाहट एक अपरिचित ललक मेरे भीतर आन घुसी थी।

तान भरकर।

...

"पहली भेंट से याद आया, आपके परिवार में सब कैसे हैं? अंकल? बुआ जी? उनके बेटे-बेटियाँ?"

चंद्रकिशोर मेरे परिवार के सभी सदस्यों से खूब मिलता-जुलता रहा था।

"तुम्हें वे सब याद हैं?" मेरे दिल की सतह में बैठा मेरा अपराध-भाव अपना सिर उठा रहा है।

"सब याद है।"

"क्या बताऊँ? कैसे बताऊँ?" मेरे अपराध-भाव की तहें खुल रही हैं। "समझो, लाख का घर खाक हो चुका है। गुणी ने आते ही मेरे पूरे परिवार को मुझसे बेगाना बना दिया। उन्हें मेरी देख-रेख से बेदखल कर दिया। उसे मुझ पर, घर पर समूचा अधिकार चाहिए था, पूरा शासन। उसी दुःख में पहले बुआ जी गईं, फिर बाबूजी। और उनकी मृत्यु के बाद उनके लाड़ले भानजे-भानजियाँ भी अपने को जल्दी ही बाहर निकाल ले गए। और अब हालत यह है किसी को भी मेरी खबर लेने की न कोई चाह है, न फुरसत। सोचो, गुणी के जाने की खबर मैंने उन्हें देने की जरूरत ही नहीं समझी।"

"आपकी नौकरी तो अभी चार साल और बची होगी? आजकल कहाँ है?"

हमारे विवाह के बाद चंद्रकिशोर हम लोगों से कभी नहीं मिला। मगर हमारे सुनने में जरूर आया था। 1993 में आई०ए०एस० से त्यागपत्र देकर वह अमरीका बस गया। अध्यापिकी पकड़कर। उसका यह फोन नंबर भी मैंने गुणी के अस्पताल के एक डॉक्टर से अभी पिछले सप्ताह जाना है, जिसका भाई उधर उसी यूनिवर्सिटी के मनोविज्ञान विभाग में पढ़ता है, जहाँ चंद्रकिशोर और उसकी पत्नी एक साथ पढ़ाते हैं।

"मैं भी त्यागपत्र दे चुका हूँ। सन् 1995 में। आई०पी०एस० के बीस साल पूरे होते ही। इस सर्विस में मुझे बाबूजी ने धकेला था। और उन्हें सन् चौरानवे में मैं खो ही चुका था…"

"और अब?"

"कुछ दिन एक एन०जी०ओ० के साथ रहा। फिर एक असफल उपन्यास लिखा और आजकल सुनयन की देखभाल ही में पूरा दिन निकल जाता है, बल्कि कई बार तो रात भी…"

"सुनयन?"

"हमारा बेटा है…"

"अच्छा नाम है। नाद है इसमें। क्या कर रहा है, कैसा है?"

"हाल बेहाल। मोटर न्यूरॉन्ज डिजीज ने उसकी सभी मांसपेशियाँ ठप्प कर रखी हैं और उसे चौबीसों घंटे अपने बिस्तर पर पड़े रहना पड़ता है…"

"यह तो बहुत ही दुर्भाग्यपूर्ण है," वह द्रवित हो उठा।

"इल बिगिनिंग, इल एंड। सच पूछो तो दुर्भाग्य के साथ मेरा खाता उसी दिन खुल गया था जब गुणी मेरे घर में आई थी।"

"और गुणी जरूर इसके विपरीत सोचती रही होगी। उस दुर्भाग्य के लिए आपको उत्तरदायी ठहराती रही होगी…"

"तुम कैसे जानते हो? तुमसे बात की थी उसने?" मैं शंकित हो उठा। उस डॉक्टर से गुणी ने चंद्रकिशोर का फोन नंबर मुझसे पहले ही ले लिया था क्या?

"नहीं-नहीं, मेरी कभी बात नहीं हुई, लेकिन मैं जानता हूँ। जो दो वर्ष उसने मेरे साथ बिताए उनमें शायद एक दिन भी ऐसा न बीता होगा जब उसने झगड़ा न किया हो। दूसरे को दोष देने की उसे बुरी आदत थी।"

"और झगड़ा करने के बाद वह तब भी सिगरेट पीने लगती थी?"

"नहीं, तब वह अपनी वीणा पर बैठ जाया करती थी। उसे देर तक बजाया करती। आपको याद होगा उसके सामान के साथ मैंने उसकी वह वीणा भी भेजी थी…"

"हाँ, याद है। लेकिन सब कुछ बहुत दुर्भाग्यपूर्ण रहा। चंद्रकिशोर को मैं नहीं बताना चाहता गुणी का वीणा बजाना मेरे लिए असहनीय था और मैंने उसे बाजार में बेच डाला था। अपने सरकारी आवास से अपने निजी घर में खिसकते समय। दूसरे गैरजरूरी सामान के साथ। थोक के भाव।"

"हाँ, बहुत दुर्भाग्यपूर्ण। लेकिन आप अपने को सँभाले रहिएगा… ।"

"उसे अकेले सँभालना बहुत मुश्किल होगा, चंद्रकिशोर। गुणी ही हम लोगों का खाना बनाया करती थी। जिन दिनों अपनी थैरेपी के लिए दो-चार दिन के लिए अस्पताल जाती भी थी, सुनयन मुझे बहुत परेशान रखता था। डबलरोटी और अंडों से उसे सख्त चिढ़ है… ।"

"मैं समझ सकता हूँ… ।"

"हमारे कपड़ों की देखभाल भी गुणी ही करती थी। अपनी विकट खाँसी के साथ भी उन पर इस्तरी लगा दिया करती…"

"घरदारी में वह परिपूर्ण थी।"

"तुम्हारी दूसरी पत्नी कैसी है?"

"अनुराग में अव्वल, लेकिन घरदारी में शून्य। घर के काम-धंधे में मेरी पूरी भागीदारी चाहती है। अभी भी मुझे दो बार बुला गई है। रसोई के बर्तन धोने की बारी आज मेरी है…"

चंद्रकिशोर मुझसे शायद विदा चाह रहा है।

"तुम भाग्यशाली हो, चंद्रकिशोर," मैं भी समापक मुद्रा में आ रहा हूँ, "जिंदगी में अनुराग सबसे ज्यादा अहम है…आगे जीने की जिजीविषा के लिए…"

"इसीलिए तो आपसे कह रहा हूँ, आप शादी जरूर कर लीजिएगा। अपनी खातिर नहीं तो सुनयन ही की खातिर… ।"

"देखता हूँ। सोचता हूँ…"

"मेरी पत्नी धैर्य खो रही है। तीसरी बार मुझे देखने आई है आपका फोन नंबर मेरे पास दर्ज हो गया है। बरतन धो लेने के बाद आपको फोन करता हूँ…"

"तुमसे बात करके अच्छा लगा, चंद्रकिशोर, तुम अब फोन नहीं भी करोगे, तो भी चलेगा… ।"

('नया ज्ञानोदय', अगस्त 2010)

गुणा होती जमा

तुम आज भी मेरे साथ हो, नमिता···निरंतर गुणा होती हुई···खूब धुँधुआती आग में अपनी गंध देती हुई···

या फिर घने धुएँ से निकल भागी, मेरे निकट, बहुत निकट···अपने पूर्ण, पूर्व आकार में···

"वॉल्टर बैंजमिन? तुम मेरे पिता के नए इंटरनेशनल बिजनेस मशींज कॉरपोरेशन के टाइपराइटर से निकले एक कागज से खेल रही हो···"

"मैं जानता था, तुम्हारे पिता को मैं साफ सुन सकता हूँ।"

"मैं जानता था, यह कागज सुरेश का तैयार किया हुआ है, तुम्हारा नहीं···"

मैं उन्हें कभी बता नहीं पाया कि वह मैंने नहीं, मेरे पिता ने तैयार किया था, 10 जनवरी, 1969 की रात···नौ बजे।

"नमिता जल गई है, अपने पी०जी०आई० के आई०सी०यू० में तुम्हें दाखिला दिलाकर मैं सीधे अपने परिसर के बँगले जा पहुँचा हूँ पंचानबे प्रतिशत···"

"कैसे?" अपने टाइपराइटर से आँख उठाकर मेरे पिता पूछते हैं।

"कैसे?" उनकी बगल में बुन रही माँ की सलाइयों ने उठ रहे घर बीच ही में खुले छोड़ दिए हैं। "तुम्हें मालूम है नमिता, माँ को बुनने का कितना शौक रहा। स्वेटर और बंडी से लेकर दस्ताने, मोजे और मफलर तक वे घर ही में बुना करतीं। तुम्हारे बाद भी अपने आखिरी दम तक मानती रहीं, मशीनी, ऊनी सामान में कारीगरी हो तो हो, लेकिन बुनने वाली की गरमाहट कहाँ? गुरुदत्त की फिल्म 'कागज के फूल' याद करो, नमिता। जो हमने शुरू की अपनी इश्कबाजी के दिनों में साथ-साथ देखी थी।"

"अपने नए स्टोव से," मैं कहता हूँ।

"कैसे?" मेरे पिता अपनी मेज से उठ खड़े होते हैं। काँपते हुए।

"उस स्टोव को मैंने उस पर फेंका था," मैं चीख उठता हूँ।

"मेरे पुराने भय अब आड़ से निकल चुके हैं। सिद्धांत बघारने वाले पिता का

ठाठ ढह चुका है। बढ़ रही उनकी कँपकँपी मेरे अंदर उसी गुस्से को लौटा लाई है जिसमें उस शाम मैं पहले भी जल चुका हूँ। तुम्हारे फ्लैट में। जहाँ मुझे तुम्हारी मेज पर रखे अपने नाना के टाइपराइटर ने हैरानी से भर दिया। इस रैमिंगटन मॉडल टू के बारे में माँ मेरे पिता से कई बार पूछ चुकी थीं, स्वर्गवासी मेरे नाना के स्मृति सम्मान में वे इसे भी उनके दूसरे सामान के साथ सहेजकर रखना चाहती रहीं। लेकिन हर बार मेरे पिता यह कहकर टालते रहे थे, उस रैमिंगटन के की-बोर्ड की एक शिफ्ट की मरम्मत हो रही है। मेरी हैरानी भाँपकर तुम जोर से हँस पड़ी थी, "अभी तो एक और बड़ी हैरानी तुम्हारी घात में बैठी है। मैं तुम्हारी सौतेली माँ बनने जा रही हूँ···"

"इडियट," मेरे पिता मेरे गाल पर एक जोरदार थप्पड़ लगा देते हैं।

"होश में आइए," तत्क्षण माँ अपने सोफे से उठकर उनका हाथ थाम लेती हैं, "जवान बेटा है और फिर मुश्किल में है। इस समय उसकी मदद करने के अलावा आपको किसी भी दूसरी बात पर ध्यान नहीं देना चाहिए···"

"क्या वे जानती थीं नमिता कि तुमसे विवाह रचाने की मेरी लालसा तुम्हारे प्रति अपने पिता का उत्साह देखकर ही मिटी थी?"

"क्या करूँ?" मेरे पिता नरम पड़ जाते हैं।

वे माँ से दबते हैं। मेरे नाना के कारण। जिनकी पूरी प्रैक्टिस उन्हें दहेज में मिली थी।

"आप अपने चंडोक से बात करके देखिए," माँ को अपने संपर्क सूत्र प्रयोग करने खूब आते हैं, "आखिर प्रदेश की पुलिस का मुखिया है, डी०जी०पी० है···"

यह संयोग ही रहा, नमिता, जो चंडोक की पत्नी का कोलोन उन दिनों पोलिप से भरा था जिस कारण उसके उपचार के लिए उसका मेरे पिता के पास आना-जाना बराबर बना रहता था।

"मगर पहले मैं तो समझ लूँ, लड़के ने यह किया क्या? किया क्यों?"

उनके मुँह पर हवाइयाँ छूट रही हैं।

"हम सब खड़े क्यों हैं?" माँ मेरा कंधा थामकर मुझे अपने साथ बिठला लेती हैं और मेरे पिता को भी सामने वाले सोफे को ग्रहण करने का संकेत देकर मुझसे पूछती हैं, "बताओ, लाड़ले, बताओ, यह सब कैसे हुआ?"

"वह लड़की मेरी थीसिस को कच्ची हालत में छोड़कर, अपनी थीसिस जा पकड़ी थी," मैं हाँकता हूँ। माँ का दिल दुखाना मेरे लिए हमेशा असंभव रहा।

"थीसिस लिखने वालों की यहाँ कमी है क्या?" दुलार से माँ मेरा कंधा

थपथपाती हैं, "तेरे पिता विभाग के मुखिया हैं। किसी से भी कह सकते थे, कह सकते हैं..."

"पहले यह केस तो निपट लें," सोफे पर बैठने की बजाय मेरे पिता अपनी मेज पर जा लौटते हैं, "सोचता हूँ इसे आत्महत्या वाला कोण दे देते हैं। लड़की की तरफ से एक सुसाइड नोट तैयार करते हैं और चंडोक को इधर बुलाकर उसे बोलते हैं, यह टाइप्ड नोट सुरेश को लड़की के कमरे से मिला था..."

"मगर चंडोक यह नहीं पूछेगा उस गरीब लड़की ने हाथ से क्यों नहीं लिखा? टाइप क्यों किया? टाइप कहाँ किया?" माँ शंका जताती हैं।

"चंडोक तुम्हारे शर्लक होम्ज या हरक्यूल पौएरेत की हैसियत से यहाँ नहीं आएगा, एक मददगार दोस्त की हैसियत से यहाँ आएगा," मेरे पिता खीज रहे हैं। तुम जानती हो, नमिता, माँ जासूसी कथा-साहित्य की कितनी शौकीन थीं। और आर्थर कॉनन डॉयल के शर्लक होम्ज और अगाथा क्रिस्टी के हरक्यूल पौएरेत के इन दो काल्पनिक जासूसों की तो कुछ ज्यादा ही। और उनकी सुरागरसानी के तौर-तरीकों को अपनाकर माँ जब-जब जिरह करने की या परिणाम निकालने की कोशिश किया करतीं, मेरे पिता खीज से भर जाया करते।

"ठीक है," माँ उठ खड़ी होती हैं और दरवाजे का रुख करती हैं, "मैं बाप-बेटे के लिए शोरबा गरम करवाती हूँ। जब तक आप अपना सुसाइड नोट तैयार कर लीजिए..."

माँ के दरवाजा पार करते ही मैं अपने पिता के निकट जा खड़ा होता हूँ।

अपने कोटेशन की किताब में वे सुसाइड के कोटेशन देख रहे हैं।

तुम जानती हो, नमिता, चिकित्सीय पत्र-पत्रिकाओं में छपने वाले उनके लगभग सभी शोध निबंध तुम्हारे और दूसरे शोध-विद्यार्थियों द्वारा एकत्रित की गई शोध-सामग्री के अतिरिक्त इस कोटेशन-बुक के कथन भी रखा करते। फलाँ ने कहा यह, ढिमके ने कहा वह।

"कोई नहीं मानेगा वह आत्महत्या का उद्देश्य रखती थी जबकि अगले ही वर्ष आप उसे अपने गैस्ट्रोंट्राइटिस विभाग में लेक्चरर नियुक्त करने वाले थे," मैं कहता हूँ।

"चंडोक सब मानेगा। और जब वह सब मानेगा तो पूरी पुलिस सब मानेगी।"

मेरे पिता अपने टाइपराइटर के प्लैटेन, मुद्रपट्टिका पर पहले से रखा अपना कागज रिलीज करते हैं और एक नया कागज उसमें बिठला देते हैं। टाइपराइटर के बोर्ड पर उनकी उँगलियाँ नाचती हैं और इंक्ड रिबन की स्याही से भरी पट्टी आगे बढ़

लेती है।

कागज पर टाइप हो रहा है–'सुसाइड इज द अचीवमेंट आव मोडर्निटी इन द फील्ड आव पैशंज' (भावातिरेक की रणभूमि में आत्महत्या आधुनिकता-बोध की निष्पत्ति है।)

वॉल्टर बैंजमिन।

"आप जरूर सोचते होंगे कि चंडोक इसलिए भी यह सुसाइड नोट सच मान लेगा," मैं कटाक्ष करता हूँ, "क्योंकि जलने वाली लड़की की मेज पर भी एक टाइपराइटर रखा हुआ है, नाना का रैमिंगटन मॉडल टू⋯"

"हमारे सौभाग्य से," मेरे पिता मेरी ओर देखकर मुस्कराते हैं, "लेकिन यह सच अपनी माँ से दूर ही रखना⋯"

"आपको कोई पश्चात्ताप नहीं?" मेरी अप्रसन्नता फूट पड़ती है।

"सच जानना चाहते हो?" मेरे पिता गंभीर हो रहे हैं, "पश्चात्ताप से ज्यादा मुझे दुःख है। नमिता को खो देने का। उसे देखकर मेरे वे साल मेरे सामने आ खड़े होते थे जब मैं भी उसकी तरह पूरी क्लास में हिंदी मीडियम वाले कस्बाई एक स्कूल से आने वाला एकल, अकेला विद्यार्थी था। उसकी तरह रुपए पैसे से लाचार था, सिर्फ अपनी मेहनत और अपने दिमाग के जोर पर आगे बढ़ रहा था, अपने विभागाध्यक्ष, तुम्हारे नाना, की निगाह में ऊपर चढ़ रहा था⋯"

"लेकिन यह कारण मेरा बलिदान चढ़ाने के लिए काफी था?" जब से मेरे पिता ने तुम्हारी छात्रवृत्ति के अंतर्गत तुम्हें स्वतंत्र रूप से अपने इस रेजिडेंट फ्लैट में निवास करते हुए पाया था, तुम्हें घेरे रखने के एकमात्र उद्देश्य ही से वे हम दोनों को एक-दूसरे के संग ब्याह देने के लिए व्यग्र हुए रहे।

"उसका बदला तुमने ले तो लिया⋯"

"आप उसे अपनी पत्नी जो बनाने जा रहे थे⋯"

"उसे पत्नी बनाने की मैंने कब सोची?"

"उसने मुझे कुछ ऐसा ही बताया था⋯"

"हैरान होने के सिवा मैं अब कुछ नहीं कह सकता, कुछ नहीं कर सकता⋯"

अपने पिता के निष्कपट और सच्चरित्र होने पर मेरे संदेह की पुष्टि सातवें दिन होती है⋯

जब तुम्हारी शव-परीक्षा तुम्हें गर्भवती घोषित कर देती है और तुम्हारी टहल हेतु तुम्हारे कस्बापुर से आए तुम्हारे माता-पिता के कानों में मेरे पिता फुसफुसाते

हैं, "मेरा बेटा और आपकी बेटी विवाह-सूत्र में बँधने जा रहे थे…"

—तुम्हारे पिता उनकी फुसफुसाहट उसी संयम से ग्रहण कर लेते हैं जिस संयम के अंतर्गत उन्होंने तुम्हारे द्वारा कथित आत्महत्या के प्रमाणस्वरूप वह सुसाइड नोट स्वीकार कर लिया था या फिर तुम्हारे अस्पताल वाले कमरे के शीशे के बाहर पिछले पूरे छह दिन अपने पैरों पर खड़े-खड़े बिताए थे। पूर्णतया स्थिर भाव से, तुम्हारी ओर टकटकी बाँधे। तुम्हारी माँ के आग्रह पर केवल चाय और बिस्किट के सहारे। इस बीच मेरे पिता ने उन्हें आराम और भोजन की सुविधा देने के विचार से कई बार अपने बँगले पर टिकने का निमंत्रण भी दिया किंतु उन्होंने उस पर कभी ध्यान नहीं दिया। तुम्हारे दाह-संस्कार का प्रबंध भी मेरे पिता ने मेरे हवाले से अपने ऊपर ले लेना चाहा था बल्कि माँ को उन्होंने तुम्हें दुल्हन-रूप में सजाने के लिए लगभग तैयार भी कर लिया था, माँ ने तुम्हारे लिए नई बनारसी, लाल साड़ी और नकली सोने का एक सेट भी खरीदा, लेकिन तुम्हारे पिता फिर टाल गए थे—नहीं, कन्यादान से पहले कन्या केवल माता-पिता की जिम्मेवारी है, केवल माता-पिता की धरोहर…!

—तुम अपने पिता सरीखी क्यों नहीं रहीं, नमिता?

—क्यों इतनी जल्दी रही तुम्हें?

मेरे पिता का सामान और संसर्ग तब ठुकरा दी होती तो आज तुम्हारे पास मेरे फ्लैट से बढ़िया फ्लैट होता, मेरी मोटर से बड़ी मोटर…

—अपने बेटों के विवाह-निमंत्रण लेकर तुम और तुम्हारे पति मेरे इस फ्लैट में आते, मेरी पत्नी के स्वागत-सत्कार पर रीझते, मेरी बहुओं की सुरुचि-संपन्नता का रसास्वादन लेते…और यह लेखा मेरा लेखा न होता…

जिसका बाढ़-द्वार सीधे, आगे चढ़ रहे समय को पीछे, तिरछा उतार लाता है…

कभी मेरी नींद में, तो कभी मेरे जागने में…

कभी तुम्हारे सपने में, तो कभी तुम्हारे होने के मायिक भ्रम में…

तब तुम मेरे साथ जमा नहीं होतीं, नमिता…।

('जनसत्ता' (देहली), 29 जून, 2008)

बंद घोड़ागाड़ी

मथि मृग मलय कपूर सबन के तिलक किए
कर मणिमाला पहिराए सबन विचित्र ठए

—सूरदास

अपनी दसवीं जमात के बोर्ड का सोशल स्टडीज का पर्चा खत्म करते ही मैं अपने कदम परीक्षा केंद्र के साइकिल स्टैंड की ओर बढ़ाती हूँ।

तभी देखती हूँ दूर खड़ी मेरी एक सहपाठिनी एक अजनबी को मेरी दिशा में संकेत दे रही है।

"रेणु अग्निहोत्री?" वह मेरी ओर बढ़ आता है, "प्रभा अग्निहोत्री की भतीजी? जो अपने फूड पाइप के इलाज के लिए कैंसर इंस्टीट्यूट में भरती हैं?"

"जी," मैं व्याकुल हो उठती हूँ।

"वे तुमसे मिलना चाहती हैं। अभी इसी वक्त।"

"कोई इमरजेंसी?" दो दिन पहले फिर बुआ को खून की उलटी हुई है और इस बार उन्हें इंस्टीट्यूट पहुँचाने पर हमें पता चला है कि उनके पेशाब में भी खून के अंश आ मिले हैं।

"हैं भी और नहीं भी। अपनी वापसी के लिए मैंने अपनी ऑटो रोक रखी है। तुम मेरे साथ वहाँ चल सकती हो…"

"मेरे पास अपनी साइकिल है। मैं उसी से जाऊँगी…"

"तुम्हारी साइकिल ऑटो में टिकाई जा सकती है। यकीन मानो तुम्हें अपना सहयोग मैं केवल अपने संतोष के लिए देना चाहता हूँ। तुम्हारी बुआ मेरी बहन जैसी हैं…"

"आप उन्हें कैसे जानते हैं?" अजनबी को पहली बार मैं अपनी निगाह में उतारती हूँ।

काली सैंडिल के साथ उसने गहरी सलेटी रंग की पतलून और हलकी सलेटी रंग की बुशर्ट पहन रखी है। घने, काले बाल लिए लगभग चालीस वर्ष का उसका

चेहरा साफ-सुथरा है और गठन हृष्ट-पुष्ट। तिस पर उसके धीमे, कोमल स्वर और सौम्य, संभ्रांत आचरण का सामूहिक प्रभाव उसके कथन को प्रमाणीकरण देता मालूम होता है।

"मैं उसी कैंसर इंस्टीट्यूट में सीनियर टैक्नीशियन हूँ, जहाँ वे सीनियर नर्स हैं ...यकीन मानो मैं उन्हें अनेक सालों से जानता हूँ और मेरे साथ ऑटो में तुम सुरक्षित वहीं पहुँचोगी..."

बुआ के पास पहुँचने की मुझे बेहद जल्दी है, किंतु मैं अपना सिर 'नहीं' ही में हिलाकर अपनी साइकिल की ओर चल पड़ती हूँ।

माँ ने मुझे चेता रखा है कोई कैसा भी क्यों न दिखाई दे, कोई कुछ भी क्यों न कहे, मुझे किसी अजनबी से कोई बात नहीं सुननी, कोई बात नहीं समझनी।

इंस्टीट्यूट में बुआ अपने कमरे में हैं।

ऑक्सीजन मास्क के नीचे।

अपनी अठारह साल की नौकरी के बूते पर डायरेक्टर से आई०सी०यू० वार्ड से सटे एक छोटे कमरे में उन्होंने अपने अकेले रहने की छूट ले रखी है।

जभी से, जब पाँच माह पहले उन्हें खून की पहली उलटी हुई थी और अपनी रेडियोथैरेपी या ऑक्सीजन के लिए उन्हें यहाँ अकसर हर दसवें-चौदहवें दिन भरती होने की मजबूरी आन पड़ी थी।

"इस समय?" मुझे देखते ही बुआ की बगल में बैठी दादी मुझे डपटती हैं, "और वह भी अकेली?"

बुआ के पास अकेली आने-जाने की मुझे सख्त मनाही है। दादी और माँ भी यहाँ बारी-बारी से ही आती हैं। और वह भी दिन ही में। बुआ ही के आग्रह पर, 'नाइट शिफ्ट का स्टाफ मुझे आपसे बेहतर देखेगा।'

"टन," बुआ अपने बेड की घंटी बजाती हैं।

एक नर्स वहाँ तत्क्षण पहुँच लेती है।

बुआ उसे अपना ऑक्सीजन मास्क उतारने का संकेत देती हैं।

"डॉक्टर बुलाऊँ?" मास्क अलग होते ही नर्स घबराई आवाज में पूछती है।

"डायरेक्टर सर," बुआ के स्वर की फेंक और प्रबलता उनके कैंसर ने क्षीण कर डाली है।

"अभी बुलवाती हूँ," नर्स तेज कदमों से बाहर लपकती है।

बुआ इशारे से मुझे अपने समीप बुलाती हैं।

पूरे बाल झड़ जाने के कारण अब वे अपने सिर पर स्कार्फ बाँधने लगी हैं।

बुआ मेरा हाथ सहलाती हैं और मैं अपने कान उनके मुँह के निकट ले जाती हूँ।

"अपने जीवन में मैंने केवल दो जन को प्यार किया है," बुआ फुसफुसाती हैं, "तुम्हें और तुम्हारे पिता को…"

"हम क्या जानती नहीं?" दादी की जिज्ञासा ने उन्हें मेरी बगल में ला खड़ा किया है। बुआ के संग वे बहुत निष्ठुर हैं। माँ की तरह। बुआ मुझे कई बार बता चुकी हैं मेरे दादा अपने जीवन काल में दो बार चूके थे। पहली बार, जब अपने तिरपनवें वर्ष में विधुर होते ही उन्होंने अपने गाँव की छब्बीस वर्षीया इस दादी से अपना दूसरा ब्याह रचाया था और दूसरी बार, जब अपने बासठवें वर्ष में उन्होंने अपनी दूसरी ससुराल में मेरे तेईस वर्षीय पिता को जा ब्याहा। मेरी माँ इन दादी के चचेरे भाई की बेटी थीं।

"अपने पिता को अपनी माँ की दृष्टि से कभी मत देखना," बुआ मेरा हाथ थपथपाती हैं, "मेरी दृष्टि से देखना…"

"तेरी बुआ शादी किए होती तो जानती, बेदर्द पति को कोई भी पत्नी हमदर्दी से नहीं देख सकती," दादी ताना छोड़ती हैं। वे मेरे पिता से बहुत नाराज हैं। जो मेरी माँ के बीसवें वर्ष में और मेरे छठे महीने, बिना बताए घर से निकल लिए थे। बुआ के नाम एक पत्र छोड़कर। "नई नौकरी तलाशने की बजाय मैं संन्यास ले रहा हूँ। मुझे विश्वास है आप सब सँभाल लेंगी, जीजी।"

"बुआ ने हमारी खातिर शादी नहीं की," मैं तमकती हूँ, "और बेदर्दी की पहल आप लोग ने की थी, मेरे पिता ने नहीं…"

बुआ के लिए मेरे मन में अथाह आस्था है। दृढ़प्रतिज्ञ उनका आत्मत्याग अद्वितीय है। अपने वेतन का अधिकांश भाग वे मुझ पर खर्च करती हैं। पूरी खुशी से। खुले दिल से। मेरे स्कूल में अधिकतर लड़कियाँ धनाढ्य परिवारों से हैं किंतु मेरे स्कूल बैग का, मेरी यूनिफार्म का, मेरे स्कूल टिफिन का, मेरे रेनकोट का स्तर उनकी बराबरी का है। खर्चे की कटौती बुआ सबसे पहले अपने पर लागू करती हैं, माँ और दादी पर बाद में।

"तू जानती नहीं," दादी अपने हाथ नचाती हैं, "तू अपनी बुआ की बंद घोड़ागाड़ी में सवार है, जहाँ, वह झूठी-सच्ची कोई भी हाँक लगा दे, टेढ़े-मेढ़े कितने भी चक्कर खिला दे…"

"तेरे पिता निर्दोष हैं," बुआ प्रतिवाद करती हैं। अपनी पुरानी बहस में प्रवेश

लेती हुईं।

हर बहस में बुआ मेरे पिता को परिस्थितियों के उत्पीड़न का शिकार सिद्ध करना चाहती हैं और माँ और दादी उन्हीं को उत्पीड़क के रूप में प्रस्तुत करने में कोई कसर नहीं छोड़तीं।

"तू तो ऐसा कहेगी ही," दादी भड़कती हैं, "मरते दम भी ऐसा ही बोलेगी। वह संन्यासी बनेगा। वह छद्म तपास! जिसने मेरी भतीजी को चबाकर थूक दिया···"

"टन," बुआ अपने बेड की घंटी फिर बजा देती हैं।

दादी और माँ अकसर बेलगाम बोला करती हैं। विनोदशीलता में बुआ मेरे कान में कई बार फुसफुसा देती हैं, इन दोनों की जुबान इतनी लंबी हैं कि उनकी गरदन के पीछे से उन्हें फेर दिलाकर दूसरी तरफ से भी उनके मुँह के अंदर भेजी जा सकती है।

"बुआ थक रही हैं," मैं दादी को बुआ के बिस्तर से दूर ले आती हूँ, "उन्हें आराम चाहिए···"

'टन' के उत्तर में आने वाली नर्स के साथ इस बार एक डॉक्टर भी हैं जिनके एप्रन पर 'डाएरेक्टर' की बल्ली के नीचे उनका नाम लिखा है—डॉ० परस राम।

"गुड मॉर्निंग, सर!" बुआ उन्हें देखकर मुस्कराती हैं, "एंड थैंक यू। मेरी विनती पर मुझे मिलने आ गए।"

"गुड मॉर्निंग, प्रभा!" डॉ० परस राम स्नेहिल स्वर में बुआ के अभिवादन का उत्तर देते हैं और उनके बिस्तर की बगल में जा पहुँचते हैं, "ए वेरी गुड मार्निंग! लेकिन तुमने यह मास्क क्यों हटवा दिया?"

"आपसे एक शिकायत करनी थी," बुआ विनीत स्वर में फुसफुसाती हैं।

"किसकी?"

"आपकी। आप मुझे बताते नहीं मैं कब मरूँगी।"

"अपना सौवाँ जन्मदिन मनाने के बाद···"

"मेरी माँ के समय भी आप यही कहते थे," बुआ की आँखों में आँसू तैर रहे हैं।

"तुम्हारी माँ के समय हमारे इंस्टीट्यूट में हाइपरथरमिया नहीं थी। मार्किट में रेडियो थैरेपी को और असरदार बनाने के लिए डौक्सोरयुबिसिन और साइक्लोफौसफमाइड जैसी ड्रग्ज नहीं थीं। फैरिंक्स का कैंसर तब जानलेवा था, अब नहीं है···"

"आप बहुत कृपालु हैं, सर!" बुआ रो रही हैं, "मेरी एक विनती और मान लीजिए···"

"तुम मुझे आदेश दो, प्रभा," डॉ० परस राम बुआ का कंधा थपथपाते हैं।

"मेरी एक भतीजी है," बुआ मेरी ओर देखती है, "रेणु।"

"गुड मॉर्निंग, सर!" बुआ के संकेत पर मैं उनके सामने जा खड़ी होती हूँ। वे मुझे अपनी निगाह में उतारते हैं।

"इसे पहचान लीजिए, सर! यह मेरी नौमिनी है···"

"जानती हो, रेणु?" डॉ० परस राम मेरी पीठ पर मुझे एक थपकी देते हैं, "प्रभा जब पहली बार हमारे इस इंस्टीट्यूट में आई थी तो लगभग तुम्हारी ही उम्र की थी। लंबी चल रही इसकी माँ की बीमारी से इसके पिता उखड़ चुके थे, और इसके साथ तब एक छोटा भाई भी रहा, लगभग तेरह-चौदह साल का, एकदम नासमझ और लापरवाह। लेकिन प्रभा में दम था। और बेहिसाब हिम्मत। वह तीनों ही को बखूबी सँभाल लिया करती। जी जान से माँ की सेवा करती, पिता को उम्मीद दिलाती और भाई का नाज-नखरा उठाती···"

"वह मेरा अकेला भाई है सर," बुआ फुसफुसाती हैं, "और रेणु मेरी अकेली बपौती···"

बुआ उसी रात देह त्याग देती हैं। उनका हौसला बनाए रखने के लिए डॉ० परस राम ने उन्हें तिरछी तस्वीर ही दिखलाई थी।

अगले दिन श्मशान घाट पर बुआ के दाह-संस्कार पर पूरा इंस्टीट्यूट उमड़ आया है।

डॉ० परस राम समेत।

"रेणु दूसरी बार अनाथ हो गई है," दादी उनकी सहानुभूति जीतने के लिए मुझे उनके पास जा खड़ी करती हैं, "इसे अपनी दूसरी प्रभा बना लीजिए··· ।"

"धीरज रखिए," डॉ० परस राम उन्हें ढाढ़स बँधाते हैं। "हमारा इंस्टीट्यूट आपके साथ है। और हमेशा साथ रहेगा। प्रभा का परिवार, हमारे इंस्टीट्यूट का परिवार··· ।"

जभी मुझे वह अजनबी दिखाई दे जाता है जिसे अभी पिछले ही दिन मैं अपने परीक्षा केंद्र में मिली थी।

उससे अपनी पहचान बढ़ाने की मेरे अंदर उत्कट लालसा है और मैं उसकी ओर दौड़ लेती हूँ।

मुझे देखते ही वह फफक-फफककर बुबुकने लगा है, "जीजी···"

"मैं जानती थी, तुम यहाँ जरूर आओगे," तभी माँ की आवाज आ गूँजती है—माँ को मेरा ध्यान एक पल के लिए भी भूलता नहीं है और प्रत्येक सार्वजनिक

स्थान पर वे एक साए की तरह मेरा पीछा किया करती हैं—"उधर नर्सों ने मुझे बताया था कि हम लोग के अलावा जीजी का एक विजिटर ऐसा भी है जो हमारी गैरहाजिरी में वहाँ मौजूद रहा करता है···"

माँ की आवाज सुनते ही अजनबी की रुलाई थम गई है।

चेहरे पर दुःख के स्थान पर ढुलमुल-सी एक बेआरामी आ बैठी है।

सिकुड़े हुए उसके होंठ अपना सामान्य आकार ग्रहण कर रहे हैं।

गालें बेरक्त हो गई हैं और आँखें हैरानी से चौड़ी।

फिर अचानक जिस गति और आकस्मिकता के साथ माँ अपने शब्दों की झड़ी के साथ प्रकट हुई थीं, उससे दुगनी गति के साथ वह श्मशान घाट के गेट की ओर लपक लिया है।

"रुकिए, अंकल," मेरी आवाज मेरे साथ उसका पीछा करती है।

वह एक बार ठिठककर पीछे देखता है और अपनी गति त्वरित कर लेता है।

"झूठ के पैर नहीं होते," माँ मेरे बराबर आ पहुँची हैं, "वह डरता है, मैं उसका विग उतार फेंकूँगी, उसका भंडा फोड़ूँगी, उसकी पोल खोलूँगी, उसे कचहरी ले जाऊँगी, उससे अपनी दुर्गति का हिसाब माँगूँगी···"

"मगर क्यों?"

"क्योंकि वह तेरा बाप है···!"

वह अजनबी मेरा पिता था?

इतना कठोर?

इतना असंवेदनशील?

अकल्पित! असंभव!

"और बुआ के इंस्टीट्यूट ही में नौकरी करता···?" मैं अपनी जुबान काट रही हूँ। अपने पिता के साथ एकवचन मैंने पहले कभी भी नहीं लगाया है। उनका उल्लेख सदैव आदरसूचक बहुवचन की शैली ही में किया है।

"कतई नहीं। अपना नाम बदलकर किसी दूसरे शहर में रहता है। अपने दूसरे परिवार के साथ···"

"मगर बुआ कुछ और बताया करती थीं···"

"ताकि उसका झूठ ढका रहे, पाप छिपा रहे···"

('अन्यथा', अंक 13, कहानी विशेषांक)

मिर्च का दाना

"स्मृति हमारी आत्मा के उसी अंश में वास करती है जिसमें कल्पना।" (मेमोरी बिलोंग्ज टू द सेम पार्ट आव द सोल एज इमैजिनेशन।) —अरस्तू

हरिगुण को मैंने फिर देखा।

रश्मि के दाह-संस्कार के अंतर्गत जैसे ही मैंने मुखाग्नि दी, उसकी झलक मेरे सामने टपकी और लोप हो ली। पिछले पैंतीस वर्षों से उसकी यह टपका-टपकी जारी रही थी। बिना चेतावनी दिए किसी भी भीड़ में, किसी भी सिनेमा हॉल में, रेलवे स्टेशन के किसी भी प्लेटफार्म पर या फिर हवाई जहाज के किसी भी अड्डे पर, बल्कि सर्वत्र ही, वह मेरे सामने प्रकट हो जाता। अनिश्चित लोपी-बिंदु पर काफूर होने।

अवसर मिलते ही मैंने आलोक को जा पकड़ा, "हरिगुण को सूचना तुमने दी थी?"

"हरिगुण कौन?" आलोक ने अपने कंधे उचकाए; मेरे साथ बात करने में उसकी दिलचस्पी शुरू से ही न के बराबर रही है।

"तुम्हारे कस्बापुर में रहता है। रश्मि ने मुझे उससे मिलवाया था। उधर अमृतसर में।"

"इतने साल पहले?" रश्मि के इस एकल भाई, आलोक, को अमृतसर का उल्लेख अच्छा नहीं लगता। मेरे परिवारजन को भी नहीं भाता। हम दोनों ही के परिवारों के लिए अमृतसर उस ग्रह का नाम है जहाँ रश्मि और मेरी 'कोर्टशिप' ने लंबे डग भरे थे, 'कोर्ट मैरिज' में परिणत होने हेतु। बिना अपने परिवारों को साझा तल बनाए। अपनी आजादी को काम में लाते हुए। कहना न होगा रश्मि सन् सत्तर के दशक की लड़कियों की उस पीढ़ी की सदस्या रही जिनकी क्लास—टू नौकरी उन्हें न केवल किसी भी अजनबी शहर में अपना डेरा डालने का अधिकार देती थी, वरन् उन्हें अपने लिए क्लास-वन वर झपटने में सफलता भी। यह अलग बात है उस जैसी लड़कियों के स्वयंवर असफल रहे, क्योंकि उनका ध्यान घर-गृहस्थी के काम-काज की बजाय बाहरी निशानों और उलझनों पर अधिक केंद्रित रहा।

"खुफिया विभाग से रिपोर्ट मिली थी रश्मि के विभाग में नक्सली इकट्ठे होते हैं।" आलोक को अपने पास रोक रखने के लिए अपनी मनगढ़ंत में सनसनी की चुनट डालनी मेरे लिए जरूरी थी।

"नक्सली?" आलोक सकते में आ गया, "जीजी के कॉलेज में?"

"हाँ, तुम्हारे साथ इस बात का खुलासा करने का पहले कभी मौका ही नहीं मिला। शायद तुम नहीं जानते रश्मि के विभाग में उसके पास कुली-कबाड़ी भी बेरोक-टोक कभी भी आ टपकते थे।"

"हरिगुण नक्सली था?"

"इससे पहले कि मैं पता करता, वह भारत से गायब हो गया", मेरी चुगली ने कपोल-कल्पना में दूसरा गोता लगाया, "फिर अभी कुछ साल पहले उड़ती खबर मिली वह भारत लौट आया है और आपके कस्बापुर ही में है—"

"आप उससे मिले क्या?"

"नहीं, लेकिन मुझे यकीन है रश्मि के साथ उसने अपना मेल-जोल फिर से बाँध लिया था।"

"आप मुझसे क्या चाहते हैं?" आलोक खीजा। जटिल और टेढ़े-मेढ़े रास्ते उसे गुस्सा दिलाते हैं।

"उसका पता-ठिकाना…"

"आप डी०जी० रैंक के अफसर हैं, किसी से भी उसका पता लगा सकते हैं।"

"हरिगुण को मैं कोई नुकसान नहीं पहुँचाना चाहता। रश्मि का वह प्रिय विद्यार्थी था। इसलिए पुलिस को तस्वीर से बाहर रखना चाहता हूँ।"

"उसकी कोई खास पहचान?"

"वह अंधा है और हमेशा काला चश्मा पहने रहता है।"

"हरिगुण का पता लिखिए," आलोक के कस्बापुर पहुँचने के चंद दिनों ही में उसका फोन आ गया।

अपनी बहन को मेरे उलाहने से छुटकारा दिलाने की उसे जल्दी रही।

"पहले बताओ, भारत वह कब लौटा?"

"भारत के बाहर वह कभी गया ही नहीं," आलोक उत्तेजित हुआ, "जब तक उसकी माँ जीवित रही, उधर अमृतसर ही में पड़ा रहा। फिर नब्बे में हुई उनकी मृत्यु के बाद इधर कस्बापुर के अपने भतीजे के पास आन बसा।"

"उसका अपना परिवार?"

"नहीं है। भतीजे ने अपने घर ही में एक कंप्यूटर कोचिंग सेंटर खोल रखा है। बस्तीपुर बस अड्डे के पास। घर के बाहर कंप्यूटर कोचिंग का बोर्ड लगा है जिस पर आँखों से निर्योग्यजन को कंप्यूटर सिखलाने की सुविधा के उपलब्ध होने की सूचना दर्ज है। उसी बोर्ड से मैंने हरिगुण को पाया।"

"रश्मि के बारे में बात हुई?"

"हाँ, हुई। लेकिन हरिगुण ने बताया कि जीजी से सन् इकहत्तर की तेरह जून के बाद वह कभी नहीं मिला।"

सन् इकहत्तर की तेरह जून मेरी आँखों में आ तैरी—

"आप कौन?" रश्मि के विभाग में वह मेरे वहाँ पहुँचने से पहले बैठा है।

"आप कौन?" मैं पूछता हूँ।

उसकी हिमाकत मुझे हैरत में डालती है।

देखने में वह अल्लम गल्लम नजारा है, एक काले कीमती चश्मे ने उसका एक तिहाई चेहरा ढाँप रखा है और दो तिहाई जो चेहरा नजर में उतरता है वह निहायत मटियाला है, दो दिन की बेहजामती लिए है। सिर के बेतरतीब बाल कंघी माँग रहे हैं। भूरे और सलेटी रंगों के बीच की कोई रंगत लिए कमीज सिलवटदार है। सलेटी पतलून बेकरीज है। लेकिन चप्पल खस्ताहाल नहीं। नई है और अच्छी चमक रही है। उसके धूल-सने पैरों से उसका मेल मिलाना मुश्किल है। हाँ, उसका मेल रश्मि की पसंद से जरूर मिलाया जा सकता है। बल्कि मेरी सहज बुद्धि उसके चश्मे के खरीदार का नाम भी जान चुकी है, रश्मि। अब मुझे पता यह लगाना है कि रश्मि ने उसे ये दोनों चीजें हमारी शादी से पहले लेकर दी थीं या बाद में।

"मैं हरिगुण हूँ।" वह अभी भी बैठा है।

"मैं पुलिस हूँ।" मैं उसे धमकी देता हूँ।

"हमें रिहा कब करेंगे?" वह ठीं-ठीं छोड़ता है।

"क्या हो रहा है?" तभी रश्मि अपने विभाग में आन दाखिल होती है।

"आपके मेहमान के साथ आप वाली 'फैलेसी आव क्युसचंज' (तर्काभास के प्रश्न) का एक नमूना औंधा रहा था," हरिगुण की ठीं-ठीं दुगनी तेज हो लेती है।

"कौन-सा?" रश्मि मेरी तरफ देखती है। "हरिगुण मेरी एम०ए० वन का स्टूडेंट है। हमारे कस्बापुर में इसका ददिहाल है।"

"वाइफ बीटिंग वाला," हरिगुण अपनी मौज में बह रहा है, "क्या फैलेसी है? वैन डिड यू स्टॉप बीटिंग योर वाइफ? आप पूछते हैं जबकि पूछे जाने वाले आदमी

ने शायद अभी शादी ही न की हो या फिर अपनी पत्नी को पीटना शायद शुरू ही न किया हो या फिर पीटना शुरू भी कर दिया हो मगर अभी बंद न किया हो।"

"क्या बक रहे हो?" उसका चश्मा उतारकर मैं अपने हाथ में ले लेता हूँ।

उसकी आँखों की आइरिस, परितारिका, में बहुत ज्यादा सफेदी है।

"आप क्या कर रहे हैं?" रश्मि हमारी ओर बढ़ आई है।

"आप कौन हैं?" हरिगुण मुझे ललकारता है।

उसकी बाईं आँख की पुतली उसकी नाक की तरफ मुड़ जाती है और दाईं आँख की पुतली अपने साकेट में तेजी से चल-फिर रही है।

"बड़ी-बड़ी बातें बनाते हो और दूसरे की खरीद पहनते हो?" मेरे हाथ उसके कालर की ओर बढ़ते हैं।

"हरिगुण मेरा दोस्त है," रश्मि हम दोनों के बीच आ खड़ी होती है, "उसे ये चीजें मैंने दोस्ती में दी हैं।"

बौखलाकर हरिगुण का चश्मा मैं जमीन पर पटकता हूँ और रश्मि को पीछे धकेलकर उसके विभाग से बाहर निकल आता हूँ। अपनी सरकारी जीप में सवार होने हेतु।

रश्मि उस दिन घर रिक्शे से लौटती है।···

रश्मि की तेरहवीं निपटाते ही मैं कस्बापुर पहुँच लिया।

हरिगुण से मिलने मैं अकेला गया।

उसे देखकर मैं हैरान हुआ।

जिस हरिगुण को मैं सालोसाल देखता रहा था वह तो हरिगुण था ही नहीं ···मेरी कल्पना का वासी था···मेरे मन-मंडल का निर्मूल भ्रम···

हरिगुण तो यह रहा; दईमारा, फटेहाल, हतभागा···बूढ़ा, हड्डियों का ढाँचा··· जिसके सिर के बाल लगभग गायब हो चुके थे; जिसके चेहरे की बेहजामती ने एक घनी, लंबी दाढ़ी का रूप ले रखा था और जिसकी दाढ़ी के आधे से ज्यादा बाल सफेद थे; जिसकी बनियाननुमा टी-शर्ट बिजूखी जैसी बेचरबी उसकी क्षीण बाँहों को और झुर्रीदार, झुकी गदरन को उघाड़ रही थी; जिसकी सस्ती, नीली जींस बदरंग हो चुकी थी; जिसके पैरों में मटियाले, खाकी रंग के कपड़े के जूते थे, बिना मोजों के।

कंप्यूटर सेंटर के एक कोने में वह अकेला बैठा था। कंप्यूटर का स्पीकर बोल रहा था—

द औक्सन पास अंडर द योक
एंड द ब्लाइंड आर लेड एट विल
बट अ मैन बौर्न फ्री हैज अ पाथ आव हिज ओन
एंड अ हाउस औन द हिल¨

(गाय-बैल डंडी के नीचे गुजर करते हैं। अंधों को दूसरे अपनी इच्छानुसार चलाते हैं। लेकिन आजाद पैदा हुआ शख्स मालिक होता है, अपने रास्ते का और पहाड़ी पर बने मकान का¨)

"रश्मि के कंप्यूटर पर भी यह रहा।" मैंने कहा।

इधर कुछ सालों से रश्मि अपने दर्शनशास्त्र के क्लास नोट्स कंप्यूटर पर तैयार करने लगी थी और कंप्यूटर की 'हिस्ट्री' चेक करते समय मेरी नजर से ये पंक्तियाँ गुजर चुकी थीं।

"आप?" हरिगुण अपनी कुर्सी से उछल गया। उसके हाथ अपने काले चश्मे पर जा टिके। यह चश्मा उसकी तंगहाली का एक और सुबूत था। उसकी एक कमानी टेढ़ी हो चुकी थी और दूसरी एक कामन पिन के सहारे चश्मे के शीशे वाले हिस्से से संबद्ध की गई थी।

"ये रश्मि ने भेजी?" मैंने उसे टोहा।

"क्या?" वह काँपने लगा।

"कंप्यूटर की ये पंक्तियाँ?"

"नहीं-नहीं, तब कंप्यूटर कहाँ था? बहुत पहले जब वे अमृतसर में पढ़ाती थीं तो उन्होंने सन् चालीस में छपे हर्बर्ट रीड के पैंतीस कविताओं वाले संग्रह में से यह कविता हमें सुनाई थी।"

"किस सिलसिले में?"

"अराजकतावाद पर दिए अपने लेक्चर के दौरान उन्होंने हमें बताया था कि रीड की इस कविता को स्पेन के अराजकतावादी मिलकर गाया करते थे।"

"आपकी उम्र तब कितने साल थी?" अपने नरक-दूत की उम्र जाननी थी मुझे।

"जब वे पढ़ाती थीं तो लगता था मेरी उम्र पूरी मनुष्य जाति की उम्र के बराबर है—सुकरात के बराबर है¨अरस्तू के बराबर है।"

"मैं आपके बर्थ सर्टिफिकेट वाली उम्र की बात कर रहा हूँ।" मैंने उसे बहकने से रोक दिया।

"बीस साल।"

"यह दाढ़ी कब रखी?"

"सोलह-सत्रह साल पहले। माँ को खोने के बाद।"

"अपनी एम०ए० टू पूरी की?"

अमृतसर का वह पी०जी० कॉलेज रश्मि ने उसी साल छोड़ दिया था, मेरी पोस्टिंग बदल जाने के कारण।

"नहीं।" वह अचानक रोने लगा। दोनों हाथों से अपने चेहरे को ढाँपकर। अपना सिर नीचे झुकाकर।

तभी मेरी आँखों ने एक अजीब, अनजानी चुभन महसूस की। यह जानने में मुझे समय लगा कि वे भी बरसना चाहती थीं···बरस रही थीं···लेकिन जान लेते ही मैंने वह बौछार रोक दी। तत्काल।

"अराजकतावाद का युग अब खत्म हो गया है," उसे सामान्य दशा में लौटाने के लिए मैं वह नुस्खा अमल में ले आया जो रश्मि के साथ हमेशा सफल सिद्ध होता रहा था। खिन्न से खिन्न मनोदशा में भी रश्मि दर्शनशास्त्र के किसी भी विषय पर वाग्युद्ध करने के लिए तैयार हो जाती थी। मुझे आज भी ऐसा लगता है रश्मि की आत्महत्या वाले दिन अगर मैं उसे वाद-विवाद में उलझाए रहा होता तो वह दुर्घटना टल गई होती।

"खत्म कैसे हुआ?" मेरी जुगत कारगर रही थी—हरिगुण ने रुलाई रोककर बहस शुरू कर दी—"खत्म हुआ होता तो साठ के दशक के हालैंड के 'प्रौवोस' और अरसठ की पेरिस 'इनसरैक्शन' के 'लेदर जैकेट्स' बगावत कर रहे पेरिस यूनिवर्सिटी के विद्यार्थी जैसे युवा आज नेपाल में कैसे दिखाई देते? माओवादी आर-पार की अपनी लड़ाई वह क्यों जीते होते?"

मैं हलका हुआ। मुझे हँसी भी आई। हरिगुण पर। रश्मि पर। दर्शनशास्त्र पढ़ने-पढ़ाने वालों की चौकी-दौड़ पर। अराजकता की इमदादी गाड़ी पर।

हरिगुण से वह मेरी आखिरी भेंट थी।

उसके बाद वह मुझे कभी दिखाई नहीं दिया।

('वागर्थ', नवंबर, 2008)

बल्लम-नोक

आइ कौट द कोल्ड इन द पार्क द गेट वॉज ओपन···(जेम्स जोइस, यूलिसिस)

'मुझे जुकाम बाग में जाने से हुआ उसका गेट खुला था···"

विषय नाज़ुक है और स्थिति जटिल···

पत्नी मेरी प्रेमपात्र है और पति मुझे अपना विश्वासपात्र बनाए चले जा रहे हैं···

"तुम्हारी प्रभा मैम ने आजकल घर को मुक्केबाजी का अखाड़ा बना रखा है···"

"और आपने उसे घुड़दौड़ का मैदान?"

नंदन वशिष्ठ की शिकायत को मैं हँसी में टाल देती हूँ।

"तुम्हारी मैम कनक के साथ इतनी नृशंस हैं कि क्या बताऊँ? तुम्हारे विलियम जेम्स की शब्दावली में मैं टेंडरमाइंडिड हूँ और वह टफमाइंडिड···"

विलियम जेम्स की उस शब्दावली से अपरिचित पाठकों के सुभीते के लिए मेरा यहाँ यह बताना जरूरी है कि टेंडरमाइंडिड, नरम चित्त रखने वाले लोग, विज्ञानवाद, श्रेष्ठवाद, बुद्धिवाद और इच्छा स्वातंत्र्य में आस्था रखते हैं, जबकि टफमाइंडिड, कठोर चित्त रखने वाले, भौतिकवाद, यथार्थवाद, निराशावाद तथा भाग्यवाद में।

"मैम के क्रोध को कनक स्वयं न्योता देती है," मैं पत्नी का पक्ष लेती हूँ, "मैम उसे पढ़ाई की ऊँची देहरी पर देखना चाहती हैं और वह फैशन की दुनिया में प्रवेश चाह रही है···"

एक फैशन हाउस द्वारा आयोजित एक टीन प्रिंसेस प्रतियोगिता में कनक भाग लेने जा रही है। प्रभा मैम के कड़े विरोध के बावजूद। नंदन वशिष्ठ के प्रोत्साहन के बूते पर। 'इसमें भाग लेने से कनक का व्यक्तित्व और निखरेगा, उसकी बुद्धि और चमकेगी' जबकि प्रभा मैम का अपना तर्क है—सिद्धांत के स्तर पर मैं इसके विरुद्ध हूँ क्योंकि एक तो वह फैशन हाउस केवल अपनी उपभोज्य वस्तुओं का बाजार तैयार करने की खातिर युवतियों का शोषण करना चाहता है और दूसरे, इससे पुरुषों

द्वारा दिए गए नारे-ब्यूटीफुल इज फ्रेल (वही सुंदर, है जो कृशकाय है) को बढ़ावा मिलता है…।

"वी आर इफैक्टिवली डिसट्रॉइंग आरसेल्वज बाय वायलेंस मैसक्युरेडिंग एज लव (प्रेम के छद्‌म वेश में हम लोग हिंसा द्वारा अपने आप को प्रभावी ढंग से ध्वस्त कर रहे हैं)।" नंदन वशिष्ठ तत्काल आरडी लैंग को उद्धृत कर दिया करते हैं और कहते हैं : तुम क्यों भूल जाती हो अगले ही माह कनक अपने अठारहवें वर्ष में प्रवेश कर रही है? जबकि तुम्हारी मैम को पचास पार किए हुए एक वर्ष होने जा रहा है…।

कनक उनकी दत्तक पुत्री है, जिसे उन्होंने उसके तीसरे वर्ष में अपने विवाह के कुछ ही माह बाद गोद लिया था। बेशक, उनके प्रेम-विवाह का प्रेम अब इतिहास बन चुका है, किंतु सन् बानबे में रचाए गए उस विवाह ने तब तीखी प्रतिक्रियाएँ बटोरी थीं। अस्सी किलो, पाँच फीट दो इंच की पैंतीस वर्षीया प्रभा मैम अपने कॉलेज के मनोविज्ञान विभाग में रीडर थीं और सत्तर किलो, छह फुट एक इंच के छब्बीस वर्षीय नंदन वशिष्ठ एक अंशकालिक अध्यापक।

"मेरा हाथ पकड़े रहिएगा पपा…" कनक खूब ऊँची एड़ी की सैंडिल पहनकर चलने का अभ्यास कर रही है।

नंदन वशिष्ठ का हाथ थामकर।

प्रभा मैम के 'हो', 'हे' के बीच। जब मैम का कष्ट मुझसे देखते नहीं बनता तो मैं वातावरण को सहज बनाने का प्रयास करती हूँ, "मैम अपनी बेटी को रेड शूज में देखना चाहती हैं और आप गोल्डन स्लीपर में…"

परी कथा वाली सिंड्रेला के प्रसिद्ध फर स्लीपर को मैंने जानबूझकर उमेठकर सोने के बना दिए हैं।

रेड शूज! अपना चलना रोककर कनक मेरा मुँह ताकती है। "रेड शूज माने शूज आव आर्ट," मैं कहती हूँ, "ऐन सैक्सटन की एक कविता है रेड शूज, जो मैंने पहली बार मैम के मुँह से सुनी थी, सन् अठासी में, और जिस पर मैं आज ही टिप्पणी लिखकर मैम को दिखाने के लिए लाई हूँ…"

इन दिनों मैं 'रचनात्मक ऊर्जा एवं स्त्री-मनोरोग' विषय पर शोध कर रही हूँ। प्रभा मैम के संचालन एवं संरक्षण में। इधर पिछले वर्ष से, जब अपनी पी०सी०एस० के अंतर्गत मेरी नियुक्ति अपने ही कस्बापुर में अपर जिलाधिकारी (नगर आपूर्ति) के पद पर हुई थी। सत्रह वर्ष पहले मैं प्रभा मैम की छात्रा रही थी। सन् पचासी से सन् अठासी तक, जब यह कॉलेज केवल स्नातक कक्षाओं तक ही था। किंतु जब तक सन् नब्बे में मैं लखनऊ से मनोविज्ञान में अपनी एम०ए० पूरी कर कस्बापुर

लौटी, प्रभा मैम ही की अनुशंसा पर मुझे इसमें एक अंशकालिक अध्यापिका की नियुक्ति भी मिल गई। वास्तव में नंदन वशिष्ठ की नियुक्ति भी लगभग मेरे ही साथ हुई थी।

"ऐन सैक्सटन ने कई वर्ष विषाद के रोगोपचार में बिताए थे और आत्महत्या के कई प्रयास भी किए थे जिनमें से अंततः एक प्रयास उसकी मृत्यु का कारण भी बना, साहित्य और मनोविज्ञान के क्षेत्र में नंदन वशिष्ठ की जानकारी आज भी व्यापक एवं विलक्षण है, भले ही अपने विवाहोपरांत उन्होंने अपना कॉलेज अध्यापन छोड़ दिया। अपना फोटो स्टूडियो खोलने के लिए। प्रभा मैम की तेरह वर्षीया नौकरी के बैंक खाते के बल पर। फोटोग्राफी के अपने कौशल को आधार बनाकर। ऐन सैक्सटन हमारे किसी काम की नहीं। हमें आगे बढ़ना है, प्रकाश की ओर, सफलता की ओर···"

अपनी ही उत्कंठा से उत्प्रेरित, नंदन वशिष्ठ अपना हाथ कनक की ओर बढ़ा देते हैं, "कम, प्रैक्टिस सम मोर···"

रोमांचित एवं पुलकित मुद्रा में कनक उनका हाथ फिर थाम लेती है और धीर, संतुलित कदम भरने लगती है।

प्रभा मैम भी अपना मोर्चा सँभाल लेती हैं और मेरे नोट्स के रजिस्टर में से पढ़ना शुरू करती हैं—अपने ऊँचे, चटकीले स्वर में···

वे मेरे नहीं हैं
वे मेरी माँ के हैं
उनसे पहले उनकी माँ के रहे

जो किसी कुलागत वस्तु की भाँति हस्तांतरित किए गए थे।

लज्जाजनक विद्या समझकर···

हिस्टीरिया···हिस्टीरिया···हिस्टीरिया···(उन्माद···उन्माद···उन्माद···) नंदन वशिष्ठ ठठाते हैं।

"शायद तुम जानते नहीं," प्रभा मैम चिल्लाती हैं, "हिस्टीरिया शब्द अब निषिद्ध है। उसके स्थान पर हिस्ट्रीयॉनिक पर्सनैलिटी डिसऑर्डर का प्रयोग किया जाता है और हिस्ट्रीयॉनिक्स (नाट्य कला) तुम्हारा क्षेत्र है, मेरा नहीं···"

"मैं उस हिस्टीरिया की बात कर रहा हूँ, मैम···" क्रोध कटाक्ष में नंदन वशिष्ठ पत्नी को 'मैम' का संबोधन ही दिया करते हैं, "जिसे आपके फ्रायड 'फीमेल डिजीज' (स्त्री रोग) कहा करते थे और जिसके नाम की उत्पत्ति ही यूनानी शब्द हिस्ट्रोन यानी गर्भाशय से हुई थी। चिकित्साशास्त्र के जनक माने जाने वाले हिप्पोक्रेट्स के अनुसार—हिस्टीरिया केवल स्त्रियों ही को पकड़ता था, क्योंकि उनके गर्भाशय अपने

नियत स्थान पर ठहरे रहने की बजाय शरीर में जहाँ-तहाँ मँडराने लगते हैं, जैसे आपका गर्भाशय मैम, इस समय आपके कंठ में आ बैठा है···"

"शट अप!" प्रभा मैम चीख पड़ी हैं।

"मैं बाद में आती हूँ"–उस युद्धस्थिति से मैं भाग खड़ी होती हूँ।

अगले दिन मेरे जिलाधिकारी मुझे आदेश देते हैं : इसी सप्ताह के मध्य में घटित होने वाली टीन प्रिंसेस प्रतियोगिता में उनके स्थान पर एक निर्णायक की हैसियत से मुझे जाना होगा क्योंकि उसी दिन हमारे मंडलायुक्त सपत्नीक इधर कस्बापुर पधार रहे हैं।

उनके आदेश ने मुझे एक नया उद्देश्य दे डाला है और उत्साह से भरकर मैं प्रभा मैम के घर जा पहुँचती हूँ, "कनक का घमंड, बस, टूटने ही वाला है···"

"दिखाव-बनाव और चाल-ठवन में कनक यदि सबसे आगे रहती भी है तो उसे अब प्रश्नोत्तर के दौर में आसानी से पिछेड़ा जा सकता है," इस नई सूचना का प्रभा मैम स्वागत करती हैं, "अब तुम्हीं उससे प्रश्न पूछना और उसे फेल कर देना···"

"मेरी यही मंशा है मैम," मैं कहती हूँ, "लेकिन मेरा प्रश्न आप ही तैयार करेंगी, आप ही बनाएँगी, आप ही बताएँगी।"

"मेरा प्रश्न तुम्हें समय रहते जरूर मिल जाएगा···"

उसी शाम नंदन वशिष्ठ मेरे घर आ पहुँचते हैं। पुराने दिनों की मानिंद।

यहाँ यह बता दूँ, सन् नब्बे और बानबे के दौरान हम दोनों अपने भीतर एक-दूसरे के नाम पर एक प्रेम-पुंज एकत्रित करते रहे थे। किंतु उस समय हम दोनों पर ही अपने-अपने अनाथ परिवारों का बोझ रहा और उस पूँजी का हम लाभ नहीं उठा पाए थे।

"मुझे पता चला है कनक वाली निर्णायक मंडली में तुम भी रहोगी," नंदन वशिष्ठ का वह फोटो स्टूडियो उन्हें आर्थिक लाभ देने के साथ-साथ उन्हें लोकप्रियता दिलाने में भी सफल सिद्ध हुआ था और अब कस्बापुर के सभी समारोहों में वे विशेष रूप से आमंत्रित किए जाते हैं, उनके विवरण अपने कैमरे में दर्ज करने के लिए। टीन प्रिंसेस की इस प्रतियोगिता में भी उन्हें इसी काम के लिए रखा गया है और वे उस फैशन हाउस के सीधे संपर्क में हैं।

"हाँ," नंदन वशिष्ठ से मैं झूठ नहीं बोल पाती हूँ।

"मैं चाहता हूँ प्रश्नोत्तर के दौरान तुम्हीं कनक की प्रश्नकर्ता रहो···"

"ताकि मेरे प्रश्न का उत्तर आप उसे तैयार करा सकें?" मैं हँस पड़ती हूँ।

"नहीं," नंदन वशिष्ठ झेंप जाते हैं, "ताकि अपने प्रश्न का सही उत्तर तुम्हीं उसे तैयार करा दो…"

"इतना भरोसा है मुझ पर?"

"हाँ। बताओ, तुम क्या पूछोगी?"

"आप ही कोई प्रश्न क्यों नहीं मुझे दे देते? फिर उसका सही उत्तर भी आप ही कनक को तैयार भी करवा सकेंगे, करवा भी देंगे," मैंने बच निकलना चाहा है। यों भी प्रभा मैम का प्रश्न मेरे पास आना अभी बाकी है।

"ठीक है," नंदन वशिष्ठ प्रसन्न है, "मेरा प्रश्न तुम्हें परसों तक मिल जाएगा और तुम्हें वही पूछना भी होगा। कनक के लिए यह प्रतियोगिता बहुत महत्त्व रखती है…"

"और कनक आपके लिए?" मैं हँस देती हूँ, "उसकी विजय की ललक, जितनी आप में है, शायद उसमें भी नहीं।"

"सच पूछो तो अब मेरे जीवन का आधार बस वही लड़की है। उसके विचार मात्र से मेरे कंधों पर पंख उग आते हैं और उसके स्पर्श मात्र से जीवन एक आनंदोत्सव में बदल लेता है…"

"आपके इस उन्माद, इस पुलक के पीछे कोई, काम-भावना तो नहीं? स्त्रीमद तो नहीं?" शासकीय सेवा में बीते मेरे इन पिछले बारह वर्षों ने मुझे प्रौढ़ बना डाला है और अब किसी भी विषयवस्तु को युक्तियुक्त स्पष्टता के घेरे में लाने से मैं हिचकिचाती नहीं।

"संभवतया," नंदन वशिष्ठ अपने कंधे उचकाते हैं।

"किंतु क्या यह नैतिक है? उचित है?"

"तुम्हें अपने युंग याद हैं? द पेंडुलम आव द माइंड औसिलेटस बिटवीन सेंस एंड नॉनसेंस, नॉट बिटवीन राइट एंड रौंग (मन का लोलक विवेक और अविवेक के बीच डोलता है, सही और गलत के बीच नहीं)"

नंदन वशिष्ठ के बोल मेरे मानस-पटल में बल्लम-नोक की तरह आ चुभते हैं, एक नोक पर यदि आश्रयी अबोध कनक की शुचिता दाँव पर है तो दूसरी नोक पर अनुभवी, उपकारी, प्रभा मैम की पत्नी-प्रतिष्ठा…

यह किसी अचरज से कम नहीं है कि प्रभा मैम और नंदन वशिष्ठ ने मुझे एक ही प्रश्न दिया है और दोनों को मेरा आश्वासन भी एकरूप ही रहा है। कोई नहीं जान

पाएगा यह प्रश्न मैंने नहीं तैयार किया।

दूसरा संयोग मुझे प्रतियोगिता के दिन देखने को मिलता है। मंडलायुक्त और जिलाधिकारी की पत्नियाँ भी प्रतियोगिता स्थल पर आ पहुँचती हैं और फैशन हाउस के प्रवर्तक अपने उत्साह में उन्हें निर्णायक मंडली में सम्मिलित कर देते हैं।

नंदन वशिष्ठ अपनी उपाय कुशलता फिर काम में लाते हैं और कनक को प्रश्न पूछने का उत्तरदायित्व मुझे ही सौंपा जाता है।

पति-पत्नी का अलग-अलग तैयार किया गया वह समरूप प्रश्न मैंने दोहरा दिया है : "यदि आपको अध्ययन और फैशन में से एक चीज चुननी पड़े तो आप क्या चुनेंगी और क्यों?"

कनक का उत्तर उसकी प्रकृति के ठीक विपरीत रहा है :

फैशन की उपेक्षा मूर्खता अवश्य है किंतु अध्ययन की अवहेलना महामूर्खता है क्योंकि अध्ययन अपने आप में एक बहुत बड़ा प्रतिफल है। वर्जिनिया वुल्फ लिखती हैं : "न्याय के दिन जब सर्वशक्तिमान ईश्वर के सामने युद्ध-विजेताओं एवं महान् राजनीतिज्ञों के बीच अध्ययनकर्ता अपनी पुस्तकों के साथ न्याय की दिष्ट धारा के अंतर्गत अपने-अपने पुरस्कार पाने जाएँगे तो ईश्वर अवश्य बोल उठेंगे—इन पढ़ने वालों को देने के लिए हमारे पास कुछ भी नहीं है। ये लोग पहले ही से पुरस्कृत हैं। इन्हें अध्ययन से प्रेम रहा है…"

पूरा हॉल तालियों से गूँज उठा है और सभी के मुँह पर एक ही बात है—ताज का निर्णय तय है, ताज कनक ही को मिलेगा।

और ताज़ उसे मिलता भी है।

मंडलायुक्त तथा जिलाधिकारी की पत्नियों को काटने की हिम्मत मुझमें कहाँ रही? कहाँ है?

उसी रात प्रभा मैम आत्महत्या कर लेती हैं। नींद की गोलियाँ अधिक मात्रा में लेकर।

नंदन वशिष्ठ और कनक अगले ही माह विवाह-सूत्र में बँध जाते हैं।

कचहरी में दर्ज हुए उस विवाह के विवरण हमारा स्थानीय समाचार-पत्र उनके फोटो के साथ अगले ही दिन मुख्य पृष्ठ पर छापता है। अपने साक्षात्कार में दोनों एक ही बात दोहराते हैं, उल्लास के साथ :

"हम सगोत्र नहीं, संबंधी नहीं। तिस पर वयस्क हैं, समझदार हैं, स्वतंत्र, स्वायत्त हैं। ऐसे में एक नए परिवार की साझी नींव रखना चाहते हैं तो इसमें गलत क्या है?"

('जनसत्ता' (देहली), 16 सितंबर, 2007)

गुणनफल

मैं जानती हूँ, अपने सर्कल में मैं गौसिप (गपिया) के नाम से जानी जाती हूँ।

आप सोचते हैं, मैं पेट की हलकी हूँ? इसलिए दूसरों के भेद हर किसी के सामने खोल दिया करती हूँ?

या फिर सोचते हैं निंदा-सुख का लोभ है मुझे? जिसके अंतर्गत दूसरों के नगण्य से नगण्य दोष भी उनकी पीठ पीछे मैं बढ़ा-चढ़ाकर बताया करती हूँ?

या फिर गलत परिणाम निकालने की मुझे लत है? और दूसरों के सच को मैं तोड़-मरोड़कर प्रस्तुत करती हूँ?

गलत···गलत···गलत···

यकीन मानिए मैं हेर-फेर से ऊपर हूँ और किसी के सच को कभी उलटती-पलटती नहीं···

बल्कि मैं तो यह भी कहूँगी स्त्रियों में बतकही बहुत जरूरी है। यह हमारी पारस्परिक मैत्री को बल देने का एक बहुत बड़ा साधन है। अपनी अंतः शक्ति एवं विद्रोह की संभावना को एकत्रित करने का आधार। वैयक्तिक घटनाओं को सामाजिक तत्त्व एवं यथार्थ के परिप्रेक्ष्य में देखने का माध्यम···

अब देखिए···

अनिल वशिष्ठ के घर, उसकी पत्नी के संग बातचीत हेतु मैं जितनी जिज्ञासा लेकर आई हूँ, उतनी ही सहानुभूति भी। भला क्यों? हुआ यों कि पिछली ही रात की पार्टी में अनिल वशिष्ठ उसे न लाकर शहर की तितली, सुनीता वत्स के साथ आया था और मेरे पूछने पर मुझसे झूठ बोला था कि उषा अपने मायके गई है। जबकि मुझे मालूम था, उषा यहीं शहर ही में है। आखिर उसकी पड़ोसिन हूँ मैं। यहाँ यह भी बताती चलूँ कि सरकारी आवास के हमारे इस परिसर में प्रत्येक ब्लाक में चार मकान खड़े किए गए हैं। दो ऊपर, दो नीचे। हमारे ऊपर वाले मकान में सुबोध नागर रहते हैं और सामने वाले भू-तल वाले मकान में यह अनिल वशिष्ठ और वशिष्ठ के ऊपर वाले मकान में आनंद आहूजा और यह बात भी ध्यान देने वाली है कि हम चारों पत्नियों में से रेणु का पति, सुबोध नागर, सरकारी वरिष्ठता के लिहाज से सबसे

नीचे है, वीणा का पति आनंद आहूजा नीचे से दूसरे नंबर पर और मेरे पति कमलकांत सबसे ऊपर। शायद इसीलिए अनिल वशिष्ठ के घर बेधड़क होकर मैं अकेली ही आया-जाया करती हूँ जबकि ऊपर वाली रेणु और वीणा वहाँ जाने में हिचर-मिचर करती हैं।

"कल की पार्टी में आप क्यों नहीं आईं?" उषा के दरवाजा खोलते ही मैं अपनी प्रश्न-पिटारी खुल जाने देती हूँ।

"मेरा जी अच्छा नहीं था," उषा का चेहरा म्लान है और दिखाव-बनाव फीका। साज-सिंगार से एकदम दूर।

"चेहरे पर रंग भरिए और घर से बाहर निकलिए। इस तरह घर से निकलना बंद कर देंगी तो लोग-बाग बातें बनाएँगे ही।"

"कैसी बातें?" उसका विरक्त भाव थोड़ा छँटता मालूम देता है।

"पहले यह बताइए आप क्या अपने मायके जाने वाली हैं?" मैं पूछती हूँ।

"हाँ..."

"जल्दी लौट आइएगा वरना अनिल साहब इधर सुनीता वत्स का भाव न बढ़ा दें..."

"सुनीता वत्स?" वह हैरानी जतलाती है।

"इन लोग की जूनियर है। उसके पति कमलकांत के बैच-मेट हैं, मगर उधर देहली में पोस्टिड हैं और यह जब से इधर पोस्टिंग पाई है, हम पत्नियों की नींद उड़ा रही है..."

"ऐसा क्या?" उषा काँपने लगी है।

"लेकिन ऐसे घबराइए भी नहीं। आप अपना घर सँभाले रखेंगी तो मजाल है पति आपके पास सँभले न रहेंगे। आप मायके जाना टाल दीजिए। यों भी आजकल न तो बच्चों की छुट्टियाँ ही हैं और न ही शादी-ब्याह के मुहूर्ती दिन। फिर यह भी सोचिए, बच्चों को आपके बिना कितना सूना लगेगा..."

"मैं कहीं नहीं जाना चाहती," उषा एकाएक फफक पड़ती है, "सच पूछें तो अपने मायके तो बिलकुल भी नहीं।"

"उधर कौन-कौन हैं?" मैं पूछती हूँ।

"मेरे दो भाई हैं। मकान का बँटवारा हो चुका है। बिजनिस का बँटवारा हो चुका है।"

"आपको कुछ नहीं मिला?"

"नहीं, हम तीनों बहनों को अच्छे दहेज मिले थे। इसलिए पिता के स्वर्गवास

पर जब बँटवारा हुआ तो हममें से किसी ने भी कुछ नहीं माँगा। यों भी हमारी माँ बहुत पहले गुजर चुकी थीं और फिर पिता के चले जाने के बाद वहाँ जाना बहुत ही कम हो गया था··· ।"

"फिर अब आपके मायके जाने की बात कहाँ से आई?"

"मैं खुद नहीं जानती। अनिल ही पिछले कुछ दिनों से रट लगाए हैं, तुम कस्बापुर चली जाओ, तुम कस्बापुर चली जाओ···"

"आपका मायका कस्बापुर में है?"

तभी बाहर एक जीप के रुकने की आवाज आती है और उषा चौंककर खिड़की की ओर लपक लेती है।

"अनिल आए हैं," उसका रंग सफेद पड़ रहा है।

"आप मत घबराइए। मैं उन्हें समझाऊँगी, आपका यहीं इधर घर में बने रहना बहुत जरूरी है··· ।"

इधर अनिल वशिष्ठ अपनी अकड़ की चाल के साथ घर में दाखिल होता है। उधर मैं बाहर वाले बरामदे में चली आती हूँ।

मुझे सामने पाकर वह सकपका जाता है और उषा अंदर की दिशा में लपक लेती है। पति की सकपकाहट से घबरा रही है शायद?

"आपने कल पार्टी में मुझसे झूठ क्यों बोला?" उसे लज्जित करने के उद्देश्य से मैं अपने स्वर में चटकीलापन जोड़ती हूँ, "उषा अपने मायके में कहाँ है?"

"कल उसे सीट नहीं मिल पाई थी," अनिल वशिष्ठ थोड़ा खीजता है, "लेकिन आज मेरे पास उसकी पक्की टिकट है··· ।"

अपने बटुए से वह एक कंप्यूटर से निकली टिकट निकालता है और मेरे सामने लहराता है।

"टिकट वापस कर दीजिए। मैंने उषा को मना लिया है। वह अपने मायके बच्चों की छुट्टियों में जाएगी, आज नहीं···"

"मैं पूछ देखता हूँ।" अनिल वशिष्ठ अंदर चला जाता है।

कनसुई लेने मैं उनके फ्रिज की ओर बढ़ जाती हूँ।

उनके शयन कक्ष से फ्रिज की दूरी कम है जबकि बैठक में रखी कुर्सियों की ज्यादा।

"उस चुगलखोर को तूने इधर क्यों बुला लिया?" एक जोरदार थप्पड़ की आवाज मुझ तक चली आती है। "गुहार के लिए?"

उषा रो रही है।

"जा। झँकवैया उस औरत को भेजकर आ। उसका पति मेरा सीनियर न होता तो मैं खुद ही उसे बाहर धकिया आता···"

"नहीं जाएगी?" दूसरे थप्पड़ की आवाज···।

"जा···" तीसरे थप्पड़ की आवाज।

"उषा!" मैं चिल्लाती हूँ।

उषा की जगह अनिल वशिष्ठ आ रहा है।

उसके हाथ में एक सूटकेस है।

"सॉरी, मैम। उषा बहुत जिद्दी है। अपने मायके वह आज ही जाना चाहती है। उसकी एक बहन अगले सप्ताह अमेरिका बसने जा रही है और उधर कस्बापुर में उसकी विदाई के लिए पूरा परिवार जमा हो रहा है···।"

"आपके साथ मैं भी चलती हूँ," उषा से मिलने का यही एक रास्ता मुझे सूझ रहा है···। "मुझे स्टेशन से अपनी एक टिकट लानी है···।"

"लेकिन स्टेशन से आप वापस कैसे आएँगी?" अनिल दशिष्ठ अपना धैर्य खो रहा है, "गाड़ी पर उषा के सवार होते ही मैं अपने दफ्तर लौट जाऊँगा। आपको इधर छोड़ने घर पर नहीं आ सकूँगा···।"

"मेरी चिंता आप मत कीजिए। आपके दफ्तर पर मैं अपने कमलकांत को बुला लूँगी। वे मुझे इधर ले आएँगे, लेकिन इस समय मैं आपके साथ चलूँगी जरूर···।"

क्रोध से उसका चेहरा तमतमा आया है।

लेकिन मेरी बला से···

इस समय मुझे केवल उषा की चिंता है।

"देखता हूँ, उषा बाहर क्यों नहीं आ रही!" अनिल वशिष्ठ फिर अंदर चला जाता है।

मैं सूटकेस पर अपनी निगाह दौड़ाती हूँ।

सूटकेस खूब बड़ा है।

अनिल वशिष्ठ ने उषा का सारा सामान इसमें बाँध दिया क्या?

मैं सूटकेस छूती हूँ तो पाती हूँ वह आगे खिसक रहा है।

मतलब? हलका है वह?

मैं उसे उठाती हूँ तो हक्की-बक्की रह जाती हूँ।

वह बहुत ही हलका है।

जरूर वह एकदम खाली है।

"उषा," मैं फिर चिल्लाती हूँ।

जवाब में एक चीख सुनती हूँ। चीख उषा की नहीं, अनिल वशिष्ठ की है।

चीख की दिशा में मैं अपनी चीख हवा में छोड़ती हूँ, "उषा..."

"मै'म, इधर आइए, प्लीज।" बाथरूम में अनिल वशिष्ठ खड़ा काँप रहा है।

"क्या हुआ?" लहू से सराबोर उषा को फर्श पर लेटी देखकर मैं फिर चीखती हूँ।

"मेरे शेविंग ब्लेड से इसने अपनी कलाई काट ली है," अनिल वशिष्ठ दहल में है।

"आप पीछे हटिए," उसकी अवहेलना करना अत्यावश्यक है अब, "अपनी जीप इधर अपने गेट के पास लाइए। इन्हें अस्पताल ले जाना होगा। तुरंत। और हाँ, अपना मोबाइल भी मुझे दे दीजिए..."

"आप क्या करेंगी?" स्तंभित अपनी दशा में वह पूछता है।

"फर्स्ट एड (प्रथम उपचार)..."

उषा की रक्तरंजित बाँह मैं अपने कंधे पर टिका लेती हूँ और उसके दिल की ओर से उसकी फूट रही कलाई की दिशा में आ रही धमनी मैं ढूँढ़ निकालती हूँ। फिर उस धमनी के दबाव वाला बिंदु टटोलती हूँ और उसका स्थान निर्धारित करती हूँ। अपना दुपट्टा मुझे वहीं कसकर बाँधना है ताकि लहू का बहाव मंद पड़ जाए।

"अपना मोबाइल मुझे दीजिए, प्लीज।" मैं दोहराती हूँ, "और अपनी जीप बैक करके यहीं गेट के सामने ले आइए...।"

अनिल वशिष्ठ इस बार मेरा कहा बेकहा नहीं करता। अपना मोबाइल मेरे हाथ में थमाकर बाहर लपक लेता है।

उसके मोबाइल से मैं ऊपर वाली रेणु को फोन मिलाती हूँ, "वीणा के साथ फौरन उषा के घर पहुँचो। इमरजेंसी है...।"

उषा का रंग एकदम सफेद पड़ रहा है और शरीर ठंडा। जरूर उसका ब्लड-प्रेशर तेजी से नीचे गिर रहा है। लहू का बहाव कुछ कम जरूर हुआ है, लेकिन अभी टपक रहा है।

उषा को फर्श से रेणु, वीणा और मैं एक साथ उठाती हैं, अनिल वशिष्ठ की जीप में उसे लिटाती हैं और अस्पताल लिवा लाती हैं।

उसकी संकटपूर्ण एवं संवेदनशील स्थिति अस्पताल के डॉक्टरों की सक्षमता एवं योग्यता की परीक्षा लेती है। ईश्वर की कृपा से इस समय अस्पताल के ब्लड-बैंक (रक्तदान बैंक) में उषा के ब्लड-ग्रुप (रुधिर वर्ग) के खून के अनुरूप खून उपलब्ध है और डॉक्टर अपनी परीक्षा में सफल रहते हैं।

आत्मसंतोष के अंतर्गत अनिल वशिष्ठ अस्पताल के ब्लड-बैंक में अपना खून दान दे रहा है।

"थैंक यू (धन्यवाद)।" उषा अपनी चेतना के लौटते ही हम तीनों की ओर मुस्कराती है।

मृत्यु का ग्रास बनने से वह बच गई है।

और शायद सुनीता वत्स के ग्रास से भी।

क्योंकि अनिल वशिष्ठ का खेद और मनस्ताप उसके चेहरे पर स्पष्ट झलक रहा है।

('समरलोक', जुलाई-सितंबर, 2007)

सिर माथे

"कोई है?" रोज की तरह घर में दाखिल होते ही मैं टोह लेता हूँ।

"हुजूर!" पहला फॉलोअर मेरे सोफे की तीनों गद्दियों को मेरे बैठने वाले कोने में सहलाता है।

"हुजूर!" दूसरा दोपहर की अखबारों को उस सोफे की बगल वाली तिपाई पर ला टिकाता है।

"हुजूर!" तीसरा मेरे सोफे पर बैठते ही मेरे जूतों के फीते आ खोलता है।

"हुजूर!" चौथा अपने हाथ में पकड़ी ट्रे का पानी का गिलास मेरी तरफ बढ़ाता है।

"मेम साहब कहाँ हैं?" शाम की कवायद की एक अहम कड़ी गायब है। मेरे दफ्तर से लौटते ही मेरी सरकारी रिवॉल्वर को मेरी आलमारी के सेफ में सँभालने का जिम्मा मेरी पत्नी का रहता है। और उसे सँभाल लेने के एकदम बाद मेरी चाय बनाने का। मैं एक खास पत्ती की चाय पीता हूँ। वेल ब्रू``ड। शक्कर और दूध के बिना।

"उन्हें आज बुखार है," चारों फॉलोअर एक साथ बोल पड़ते हैं।

"उन्हें इधर बुलाओ``देखें!"

पत्नी का दवा दरमन मेरे हाथ में रहता है। मुझसे पूछे बिना कोई भी दवा लेने की उसे सख्त मनाही है।

सिलवटी, बेतरतीब सलवार-सूट में पत्नी तत्काल लॉबी में चली आती है। थर्मामीटर के साथ।

"दोपहर में 102 डिग्री था, लेकिन अभी कुछ देर पहले देखा तो 104 डिग्री छू रहा था```"

"देखें," पत्नी के हाथ से थर्मामीटर पकड़कर मैं पटकता हूँ, "तुम इसे फिर से लगाओ```"

पत्नी थर्मामीटर अपने मुँह में रख लेती है।

"बुखार ने भी आने का बहुत गलत दिन चुना। बुखार नहीं जानता आज यहाँ तीन-तीन आई०जी० सपत्नीक डिनर पर आ रहे हैं?" मैं झुंझलाता हूँ। मेरे विभाग

के आई०जी० की पत्नी अपनी तीन लड़कियों की पढ़ाई का हवाला देकर उधर देहली में अपने निजी फ्लैट में रहती है और जब भी इधर आती है, मैं उन दोनों को एक बार जरूर अपने घर पर बुलाता हूँ। उनके दो बैचमेट्स के साथ। जो किसी भी तबादले के अंतर्गत मेरे अगले बॉस बन सकते हैं। आई०पी०एस० के तहत आजकल मैं डी०आई०जी० के पद पर तैनात हूँ।

"देखें," पत्नी से पहले थर्मामीटर की रीडिंग मैं देखना चाहता हूँ।

"लीजिए..."

थर्मामीटर का पारा 105 तक पहुँच आया है।

"तुम अपने कमरे में चलो," मैं पत्नी से कहता हूँ, "अभी तुम्हें डॉ० प्रसाद से पूछकर दवा देता हूँ..."

डॉ० प्रसाद यहाँ के मेडिकल कॉलेज में मेडिसिन के लेक्चरर हैं और हमारी तंदुरुस्ती के रखवाल दूत।

दवा के डिब्बे से मैं उनके कथनानुसार पत्नी को पहले स्टेमेटिल देता हूँ, फिर क्रोसिन, पत्नी को आने वाली कै रोकने के लिए। हर दवा निगलते ही उसे कै के जरिए पत्नी को बाहर उगलने की जल्दी रहा करती है।

"मैं आज उधर ड्राइंगरूम में नहीं जाऊँगी। उधर ए०सी० चलेगा और मेरा बुखार बेकाबू हो जाएगा," पत्नी बिस्तर पर लेटते ही अपनी राजस्थानी रजाई ओढ़ लेती है, "मुझे बहुत ठंड लग रही है..."

"ये गोलियाँ बहुत जल्दी तुम्हारा बुखार नीचे ले आएँगी," मैं कहता हूँ, "उन लोगों के आने में अभी पूरे तीन घंटे बाकी हैं..."

मेरा अनुमान सही निकला है। साढ़े आठ और नौ के बीच जब तक हमारे मेहमान पधारते हैं, पत्नी अपनी तेपची कशीदाकारी वाली धानी वायल के साथ पन्ने का सेट पहन चुकी है। अपने चेहरे पर भी पूरे मेकअप का चौखटा चढ़ा चुकी है। अपने परफ्यूम समेत। उसके परिधान से मेल खिलाने के उद्देश्य से अपने लिए मैंने हलकी भूरी ब्रैंडिड पतलून के साथ दो जेब वाली अपनी धानी कमीज चुनी है। ताजा हजामत और अपने सर्वोत्तम आफ्टर शेव के साथ मैं भी मेहमानों के सामने पेश होने के लिए पूरी तरह तैयार हो चुका हूँ।

पधारने वालों में अग्निहोत्री दंपती ने पहल की है।

"स्पलैंडिड एंड फ्रैश एज एवर सर, मैम," (हमेशा की तरह भव्य और नूतन) मैं उनका स्वागत करता हूँ और एक फॉलोअर को अपनी पत्नी की दिशा में दौड़ा

देता हूँ, ड्राइंगरूम लिवाने हेतु। इन दिनों अग्निहोत्री मेरे विभाग में मेरा बॉस है।

दोनों ही खूब सजे हैं। अपने साथ अपनी-अपनी कीमती सुगंधशाला लिए। अग्निहोत्री ने गहरी नीली धारियों वाली गहरी सलेटी कमीज के साथ गहरी नीली पतलून पहन रखी है और उसकी पत्नी जरदोजी वाली अपनी गाजरी शिफान के साथ अपने कीमती हीरों के भंडार का प्रदर्शन करती मालूम देती है। उसके कर्णफूल और गले की माला से लेकर उसके हाथ की अँगूठी, चूड़ियाँ और घड़ी तक हीरे लिए हैं।

वशिष्ठ दंपती कुछ देर बाद मिश्र दंपती की संगति में प्रवेश लेता है।

वशिष्ठ और उसकी पत्नी को हम लोग सरकारी पार्टियों में एक-दूसरे से कई बार मिल चुके हैं, किंतु हमारे घर आने का उनका यह पहला अवसर है। शायद इसीलिए वशिष्ठ के हाथ में रजनीगंधा का एक गुच्छा भी है।

"यह श्रीमती शांडिल्य के लिए है," वह फूल मेरी पत्नी के हाथों में थमाता है।

"थैंक यू," पत्नी की आवाज लरज ली है। वशिष्ठ अपनी लाल टमाटरी टी-शर्ट और नीली जींस में चुस्त और 'कैजुअल' दिखाई दे रहा है। दो घंटे की गौल्फ उसके नित्य कर्म का एक अनिवार्य अंश है और शायद उसके फुर्तीलेपन का रहस्य भी। हालाँकि सुनने में आया करता है, रात को गौल्फ क्लब में अग्निहोत्री के साथ वह भी मद्यपान में लगभग रोज ही सम्मिलित रहता है। उसकी पत्नी की भड़कीली मोरपंखी जार्जेट साड़ी ऐसी मुद्रित बैंगनी रेखाएँ लिए है जो हर ओर से तिरछा प्रभाव देने के कारण आँखों में चुभ रही हैं। उसके गले, कानों और हाथों में लटक रहे उसके फिरोजी टूम-छल्लों की तरह जो आभूषण कम और खिलौने ज्यादा लग रहे हैं। नुमाइशी उसका यह दिखाव-बनाव श्रीमती मिश्र की फिरोजी रंग की आरगैंडी और मोतियों की सौम्यता को और उभार लाया है। मिश्र ने पूरी बाँहों की एक हलकी गुलाबी कमीज के साथ क्रीम रंग की पतलून पहन रखी है।

प्रारंभिक वाहवाही के खत्म होते ही नौ बजे ड्रिंक्स और स्टार्टरज़ परोसे जा रहे हैं। सभी पुरुष जन ब्लू लेबल लेने वाले हैं और मेरी पत्नी को छोड़कर सभी स्त्रीगण व्हाइट वाइन।

चिकन टिक्के और फिश फिंगर्ज को देखते ही वशिष्ठ चिल्ला उठता है : "मेरे मेजबान ने मुझसे पूछा नहीं, मैं शाकाहारी हूँ या नहीं…"

"मुझे क्षमा कीजिए सर," मैं तत्काल उसकी बगल में चीजलिंग्ज की तश्तरी उसकी गिलास वाली तिपाई पर जा टिकाता हूँ, "मैम के लिए मैं अभी नया कटोरा मँगवाता हूँ…"

"लेकिन मुझे मांस-मछली बहुत पसंद है···" श्रीमती वशिष्ठ ही-ही करती है, "फिश और चिकन तो जरूर ही लूँगी···"

"मुझे तो यह क्लाथ नेपकिन बहुत पसंद है," श्रीमती अग्निहोत्री मेरी ओर देखती है। "जब भी इधर आती हूँ चित्त प्रसन्न हो उठता है। पेपर नेपकिन का चलन मुझे बेहूदा लगता है···"

वशिष्ठ अपनी पत्नी को घूर रहा है।

"यस मैम!" उसकी बगल छोड़कर मैं श्रीमती अग्निहोत्री की बगल में जा खड़ा होता हूँ, "आपको यह हरी चटनी भी तो बहुत पसंद है···"

उसकी प्लेट में मैं चटनी परोसता हूँ।

"धनिए ही की क्यों?" श्रीमती अग्निहोत्री अपने हाथ दूसरी चटनी की ओर बढ़ाती है–"मुझे तो आपके घर की यह इमली वाली मीठी चटनी भी बहुत पसंद है।"

"अरे यार! चिकन और फिश भी अब ले लो···" मिश्र लार टपकाता है, "वरना मुझे एक चुटकुला सुनाना पड़ेगा।"

"सुनाइए सर प्लीज, सुनाइए!"

मैं मिश्र की बगल में जा खड़ा होता हूँ।

"एक जन ने एक होटल के अपने कमरे में नाश्ते का ऑर्डर देना चाहा तो वेटर ने पूछा, सर आप मक्खन लेंगे या जैम? तो उन्होंने जवाब दिया, डबल रोटी भी साथ में लूँगा।" सभी ठठाकर हँस पड़ते हैं। मेरी पत्नी के अलावा। वह काँप रही है।

"डबल रोटी से मुझे भी एक चुटकुला याद आ रहा है," अग्निहोत्री बोलता है, "एक कार्नीवल में एक गुक्क अपना तमाशा दिखा रहा था···"

"गुक्क?" श्रीमती अग्निहोत्री पति की ओर आँखें तरेरती है, "पहले गुक्क का मतलब भी बताओ···"

"सभी जानते हैं गुक्क कौन होता है।" अग्निहोत्री श्रीमती वशिष्ठ की दिशा में अपना सिर घुमाता है।

वह शून्य में ताक रही है।

"मैं नहीं जानता सर···" मैं अपनी दृष्टि अनभिज्ञता से भर लेता हूँ। जानबूझकर। उसे प्रसन्न करने हेतु। अपनी मेजबानी के अंतर्गत।

"लोगों के मनोरंजन के लिए हर कार्नीवल में साइड शो रखते जाते हैं," अग्निहोत्री ठठाता है, "उस साइड शो को चलाने वाले को गुक्क कहा जाता है···।"

"अब चुटकुला सुनाइए," श्रीमती मिश्र अपनी प्लेट भर रही है।

"हुआ यों कि वह गुक्क लोगों को चौंकाने की खातिर जिंदा मुर्गे अपने हाथ में दबोचता और अपने दाँत उनकी गरदन में गड़ा देता। देखने वालों में से एक से चुप न रहा गया, अबे, रुक यार। बगल से तेरे लिए डबलरोटी भी लाता हूँ। मुर्गा ज्यादा स्वाद लगेगा।"

"खूब, बहुत खूब," सभी हँस पड़ते हैं। मैं पत्नी की ओर देखता हूँ। वह शायद बेहोश होने जा रही है। तेज बुखार में वह अकसर बेहोश हो जाया करती है।

"पनीर टिक्का बनवा दो," बहाने से मैं उसे कमरे से बाहर भेजने का हीला ढूँढ़ रहा हूँ।

वह उठ खड़ी होती है, लेकिन दरवाजे पर पहुँचते ही वह धड़ाम से नीचे गिर जाती है।

"क्या हुआ?" सभी लगभग चीख उठते हैं। चारों फॉलोअर अंदर लपक आते हैं।

"आप घबराइए नहीं," मैं कहता हूँ, "इन्हें आज थोड़ा बुखार है। मैं देखता हूँ। अपने डॉ० प्रसाद से पूछता हूँ।"

"रिलैक्स, माए लैड, रिलैक्स···" अग्निहोत्री कहता है, "हमें खाने की कोई जल्दी नहीं। हम लोगों की चिंता छोड़ो और इन्हें सँभालो।"

पत्नी को कमरे में पहुँचाकर मैं फोन थाम लेता हूँ। डॉ० प्रसाद मुझे पत्नी को मेडिकल कॉलेज ले जाने की सलाह देते हैं। वे वहीं इमरजेंसी में एक मंत्री के संबंधी के रक्तचाप को ठीक करने में जुटे हैं। उनके अनुसार, तेज बुखार कभी-कभी निमोनिया का विकट रूप भी ले लिया करता है। और उसका हल वहीं इमरजेंसी के आई०सी०यू० में दाखिल कराने से सहज ही मिल जाएगा। बुखार और कँपकँपी की निरंतर निगरानी के निमित्त।

"ओह नो!" अपने मेहमानों को जैसे ही मैं यह सूचना देता हूँ, तीनों स्त्रियाँ लगभग चीख पड़ती हैं।

"रिलैक्स, एवरबॉडी रिलैक्स···" पुरुषों की ओर से अपनी प्रतिक्रिया देने में अग्निहोत्री पहल करता है, "खाने की हमें कोई जल्दी नहीं। शांडिल्य को अस्पताल जरूर जाना चाहिए। और इन स्त्रियों को याद रखना चाहिए, वे तीनों पुरानी, अनुभवी गृहिणियाँ हैं। श्रीमती शांडिल्य की जिम्मेदारी बखूबी बाँट सकती हैं, निभा सकती हैं।"

"हाँ, क्यों नहीं?" मिश्र अपनी पत्नी की ओर देखता है, "तुम रसोई में बिलकुल जा सकती हो? जाओगी ही?"

"बिलकुल," श्रीमती मिश्र का सामान्य धीमा स्वर लौट आता है।

"और खाना तो लगभग बन ही चुका होगा," वशिष्ठ अपनी पत्नी को घूरता है, "क्यों, शांडिल्य?"

"जी सर, बिलकुल सर," मैं असहज हो उठता हूँ, "लेकिन सर, अगर वहाँ कोई इमरजेंसी की स्थिति आ गई तो मैं शायद रात-भर न लौट पाऊँ···"

"तुम वहीं रुक सकते हो," श्रीमती अग्निहोत्री कहती है, "हम लोग की चिंता किए बगैर। हम सब सँभाल लेंगी। मेज पर खाना लगवा देंगी। सबको भरपेट खिला देंगी।"

"रिलैक्स, माइ लैड, रिलैक्स," अग्निहोत्री कहता है, "हम एक-दूसरे की संगति का भरपूर आनंद लेंगे···"

"थैंक यू, सर, थैंक यू सर," मेरी असहजता बढ़ रही है किंतु मैं उचरता हूँ।

अग्निहोत्री दरवाजे पर खड़े मेरे एक फॉलोअर को संकेत से अंदर बुला लेता है। "जाओ। अपने साहब की गाड़ी पोर्च में लगवाओ। वे अभी निकल रहे हैं···"

"हमारा ड्राइवर तो, हुजूर, बाजार के लिए निकल चुका है।" फॉलोअर हाथ जोड़कर खड़ा रहता है।

"कोई चिंता नहीं," अग्निहोत्री उदार हो उठता है, "तुम मेरी गाड़ी लगवा दो। जल्दी···"

"मगर हमारे ड्राइवर को बाजार के लिए निकले हुए एक घंटे से ऊपर हो रहा है," मैं झल्लाता हूँ··· "वह अभी तक नहीं लौटा?"

"हुजूर जानते हैं," फॉलोअर अपनी कुटिल मुस्कान छोड़ता है–"शाम के समय ट्रैफिक कुछ ज्यादा ही बढ़ जाता है। फिर उसे पान के साथ-साथ आइसक्रीम भी लानी है, हुजूर···"

"तुम जाओ मेरी गाड़ी लगवाओ," अग्निहोत्री अपना गिलास अपनी तिपाई पर रखकर मेरी ओर बढ़ आता है–"देखो, शांडिल्य। तुम अब और समय न गँवाओ। कँपकँपी और बेहोशी के मामले में ज्यादा देरी अच्छी नहीं। खाने के बाद हम तुम्हारी गाड़ी से मेडिकल कॉलेज आ जाएँगे और वहाँ से अपनी गाड़ी में बैठ लेंगे। इस बीच तुम मेरी गाड़ी अपने साथ बराबर बनाए रखना। इमरजेंसी में किसी भी दवा की कभी भी जरूरत पड़ सकती है···"

"थैंक यू, सर। मगर···"

"रिलैक्स शांडिल्य। रिलैक्स। हमारी चिंता छोड़ दो," अग्निहोत्री मेरा कंधा थपथपाता है और मुझे अपने साथ चलने का संकेत देता है।

"यकीन मानो," उसकी पत्नी मुझे अपनी प्रशस्त मुस्कान देती है। "हम लेडीज

सब देख लेंगी। इस समय तुम्हारी पत्नी प्रौरिटी (प्राथमिकता) होनी चाहिए हमारी मेहमानदारी नहीं···।"

"यस, मैम! थैंक यू मैम!"

रात के लगभग साढ़े ग्यारह बजे अग्निहोत्री अपनी पत्नी के साथ मेडिकल कॉलेज के इमरजेंसी वार्ड में आन प्रकट होता है। मेरी सरकारी गाड़ी में।

सूचना मिलते ही मैं उनकी ओर लपक लेता हूँ।

जिज्ञासावश डॉ० प्रसाद भी मेरे साथ हो लेते हैं। अग्निहोत्री के वशीभूत।

"तुम्हारी पत्नी अब कैसी है?"

"डॉ० साहब को निमोनिया का शक है," मेडिकल कॉलेज आकर मेरी चिंता चौगुनी हो ली है। मगर सबका फिर भी मुझे ध्यान है। "ये डॉ० प्रसाद हैं सर," मैं डॉक्टर की मंशा पूरी कर देता हूँ, मैं जानता हूँ अपने परिचय का आवाह-क्षेत्र समृद्ध करने की उसे बहुत चाह रहा करती है, "बहुत योग्य। बहुत भले।"

"ईश्वर की कृपा है सर!" डॉ० प्रसाद अपना हाथ अग्निहोत्री की दिशा में बढ़ा देते हैं।

उन्हें प्रोटोकाल का पूरा ज्ञान नहीं। नहीं जानते, हाथ मिलाने में पहल मिलने वालों के बीच की वरिष्ठता तय किया करती है। और इस समय वरिष्ठता अग्निहोत्री के पक्ष में है।

उसी प्राधिकार का लाभ उठाते हुए अग्निहोत्री डॉ० प्रसाद का बढ़ा हुआ हाथ नजरअंदाज कर देता है और मेरा कंधा थपथपाने लगता है, "तुमने मेरी सलाह मानकर अच्छा किया, शांडिल्य। पत्नी को समय पर अस्पताल लिवा लाए···"

"इस समय वह क्या कर रही है?" डॉ० प्रसाद का उतर रहा मुँह श्रीमती अग्निहोत्री की निगाह से बच नहीं सका है और वह उस पर अपने उपकारी संरक्षण की कृपा बरसाने की चेष्टा करती है। उसे बातचीत में खींचना चाहती है, "क्या हम उसे बता सकते हैं कि उसके घर पर हम सभी ने भरपेट खाया और खूब आनंद लिया।"

तिलमिला रहे डॉ० प्रसाद उसके संरक्षण को अस्वीकार कर देते हैं और रूखे स्वर में उत्तर देते हैं, "इस समय श्रीमती शांडिल्य मूर्च्छा में हैं, मैम। अंदर आई०सी०यू० में। और उन्हें होश में लाने की कोशिश पिछले दो घंटों से जारी है···।"

"कोई बात नहीं···" वह सिर हिलाती हैं और मेरी ओर मुड़ लेती हैं, "उसकी मूर्च्छा टूटने पर, शांडिल्य, तुम उसे यह जरूर बता देना ताकि वह अपनी बीमारी को

लेकर कोई अपराध भाव न महसूस करे···"

"येस मैम!" मैं भी अपना सिर हिला देता हूँ, "थैंक यू, मैम···"

"अपना ड्राइवर मैं लिए जा रहा हूँ, शांडिल्य," समापक मुद्रा में अग्निहोत्री मेरी ओर अपना हाथ बढ़ाता है, "ऑल द बेस्ट, माए लैड···"

"थैंक यू सर, थैंक यू···"

"हमें गाड़ी तक छोड़ने की कोई जरूरत नहीं, शांडिल्य। हम चले जाएँगे। तुम अपनी पत्नी को देखो। गुड नाइट!"

"थैंक यू सर, यस सर। थैंक यू मैम। गुड नाइट, मैम···गुड नाइट, सर···"

"गुड नाइट," श्रीमती अग्निहोत्री कहती हैं और डॉ० प्रसाद की ओर देखे बिना दोनों विपरीत दिशा में बढ़ लेते हैं।

"आपके घर से आ रहे थे?" आई०सी०यू० की तरफ बढ़ रहे मेरे कदमों के संग अपने कदम मिलाते हुए डॉ० प्रसाद पूछते हैं। झेंपे-झेंपे।

"हाँ। मैंने आज इन्हें डिनर पर बुला रखा था। इनके, दो बैच मेट्स और उनकी पत्नियों के साथ···"

"आपके बॉस हैं?"

"हाँ, क्यों?"

"बॉस नहीं होते तो आपके साथ इधर मेडिकल कॉलेज आ गए होते, उधर आपके घर दावत नहीं उड़ाते··· ।"

('जनसत्ता' (देहली), 12 अक्तूबर, 2008)

क्या मैं इक चुहिया हूँ?

दिस इज माइ लेटर टू द वर्ल्ड दैट नेवर रोट टू मी। (यह चिट्ठी उस दुनिया के नाम है, जिसने मेरे नाम कुछ नहीं लिखा…)
—एमिली डिकिनसन

जानती हूँ, जानती हूँ, लिखाई मेरी सीधी नहीं और बात भी कुछ टेढ़ी ही है।

"आज क्या तारीख है?" आज घर लौटते ही मेरे पति बोले थे।

"9 जनवरी, 2009" इनकी मेज पर रखे कैलेंडर की तारीख मैं ही रोज बदला करती हूँ।

"आज की तारीख बहुत मंगल है। बहुत बड़ी है। आज मैं अपनी जिंदगी के सबसे बड़े इंटरव्यू के लिए गया था। प्रिंसिपल के इंटरव्यू के लिए और मैं चुन लिया गया हूँ…।"

मैं ज्यादा तो खामोश ही रहती हूँ, सो खामोश ही बनी रही थी।

"क्यों, तुम्हें खुशी नहीं हुई? अपने चमके नसीब पर? वह बड़ा बँगला, वह सफेद एम्बेसेडर गाड़ी, वह चपरासियों की फौज, वह चौकीदारों की कतार…।"

"और वही डाँट-डपट? वही कोसना-काटना? वही धौंस-धक्का?" मेरी खामोशी चटक-चिटक गई थी।

"तू औरत नहीं, इक चुहिया है।" आगे बढ़कर इन्होंने मेरे दाएँ कान पर एक करारी चपत आ लगाई थी। "औरत होती तो घर में आई बरकत को गले लगा लेती…।"

मैंने चीखना चाहा था, 'बरकत' में बच्चे नहीं होते क्या? मगर अपने बज रहे कान को हाथ से ढाँपकर इधर रसोई के स्टोर में आ खड़ी हुई थी।

थोड़ी देर बाद इनकी औल्टो के स्टार्ट होने की आवाज आई थी। मतलब ये कहीं जा रहे थे।

तभी अपनी कलम लेकर इधर बैठ गई हूँ।

सोचती हूँ आज उस भाँय-भाँय को जरूर दर्ज कर दूँ जो हुहुआती हुई मेरे अंदर की साँय-साँय से मिलकर एक अजीब कानाबाती मेरे नजदीक खिसका लाती है

जिसमें मुझे अपने उन सलोने बच्चों का बिलखना सुनाई दिया करता है जिन्हें मैं अपनी गोदी में खिलाना-खेलाना चाहती रही हूँ लेकिन खिला-खेला नहीं पाई हूँ।

कहाँ से शुरू करूँ?

सन् 1983 से? जब मेरे पिता की एक सड़क दुर्घटना में मौत हो गई?

या सन् 1984 से? जब मेरे तीनों भाइयों ने जिद करके मुझे मेरी ग्यारहवीं जमात से उठाकर इनसे ब्याह दिया?

या सन् 1985 से? जब मैंने अपनी माँ को खो दिया?

या फिर सन् 1988 से? जब मेरे पति ने अपनी पहली कुदान भरी? और मुझे मेरे भाइयों से बेगाना बना दिया क्योंकि अपनी उस सीढ़ी से वे सब उन्हें अब 'नीचे' नजर आने लगे थे?

सोचती हूँ, सन् 1988 ही ठीक रहेगा।

और उस साल का भी वह दिन जब अपने पहले इंटरव्यू के बाद ये घर आए थे, "देखो, तुम्हें मेरे कपड़ों और जूतों पर अब ज्यादा ध्यान देना होगा। मुझे अब कड़ी 'करीज़' और उम्दा 'शाइन' चाहिए'''।"

"मुकुंदलाल ने नौकरी पक्की करवा दी?" मैंने पूछा था।

मुकुंदलाल उस समय इनके कॉलेज में प्रिंसिपल था और सन् 1978 में भी। जब मेरे पति के उसी कॉलेज से इंटरमीडिएट पास करते ही उसी ने अपने दफ्तर में उन्हें क्लर्क की नौकरी दी थी। कारण, उसे अपने को कवि कहलाने का शौक था और मेरे पति को कविता लिखने का। कॉलेज मैगजीन में उनकी छपी कविताओं को उनके विद्यार्थी-जीवन ही में मुकुंदलाल ने अपना निशाना बना डाला था और उनकी छाप उठाकर थोड़ी हेर-फेर करवाने के बाद उन्हें अपने नाम से छपवाना शुरू कर दिया था। नतीजा, मेरे पति अब अपनी कविताओं पर अपना नाम लिखने की बजाय मुकुंदलाल का नाम देने लगे थे। अपनी सीढ़ी की टेक मजबूत करने के वास्ते।

वे जानते थे प्राचीन इतिहास के विभागाध्यक्ष सन् 1988 में रिटायर हो रहे थे और उस साल के आते-आते मेरे पति ने उसी विषय की एम०ए० में 58 प्रतिशत अंक पा लेने के साथ-साथ यू०जी०सी० का नेट भी पास कर लिया था और मुकुंदलाल की मेहरबानी से नए सेशन के शुरू होते ही उस विषय के विद्यार्थियों को 'कच्चे' तौर पर पढ़ाना भी शुरू कर दिया था।

उधर मुकुंदलाल ने सरकार के शिक्षा विभाग से अपने कॉलेज के खाली हुए इस पद को भरने की मंजूरी भी जल्दी ही ले ली ताकि इस 'कच्ची' नौकरी को 'पक्की' लेक्चररशिप में बदला जा सके।

कॉलेज के अल्पसंख्यक होने की वजह से उसे 'एक्सपर्ट पैनल' तय करने की भी पूरी छूट रही और अखबार में उस पद के लिए दिए गए इश्तिहार के जवाब में इंटरव्यू देने आए सभी दूसरे कैंडीडेटों को नजरअंदाज करवाकर 'नालायक' साबित करना उसके बाएँ हाथ का खेल था।

कॉलेज के लिए मेरे पति अब रिक्शे से निकलने लगे। अपनी साइकल की सवारी उन्होंने एकदम छोड़ दी। फिर 'लोन' की इजाजत मिलते ही एक नया स्कूटर खरीद लिया।

अब स्कूटर की सँभाल और सफाई भी मेरे जिम्मे आन पड़ी। उधर लेक्चररशिप के पक्की होने पर जैसे ही इनकी तनख्वाह तिगुनी हो गई तो ये अपने चेहरे-मोहरे और दिखाव-बनाव के साथ-साथ अपने खान-पान पर भी जोर देने लगे। खाने में पहले जहाँ वे एक ही चीज से काम चला लिया करते अब उन्हें हर बार दो-दो पकवान चाहिए थे, एक तरल और एक सूखा। साथ में भाँत-भाँत के अचार और कई बार तो अब वे घर पर मेहमान भी लाने लगे। दावत के लिए।

नतीजा, घर की सज्जा-सफाई और कपड़ों की धुलाई-प्रेस ही मुझे इतना थकाने लगी कि रसोई में मसाला घिसते समय मुझे मालूम देता मैं घिस रही हूँ।

सब्जी छीलती तो लगता मैं छीली जा रही हूँ।

फल की छुरी फल को नहीं, मुझे काट रही है।

बल्कि कभी-कभी जब इन्हें मैं कुछ खिला-पिला रही होती तो मुझे लगता मुझे चिथड़ा-चबाया जा रहा है।

क्योंकि इधर इनका अपना आधा समय पढ़ने-पढ़ाने में बीता करता और आधा मुकुंदलाल के लिए कविता सोचने और लिखने में।

इनकी कुदान जो अभी बाकी रही। उसके लिए पी-एच०डी० की डिग्री जरूरी थी और मुकुंदलाल की कृपा दृष्टि भी।

पी-एच०डी० की डिग्री इन्हें मिली सन् 1992 में और सीनियर ग्रेड अपनी पक्की नौकरी के पाँच साल पूरी करने के बाद, सन् 1993 में।

और ये एक मकान खरीद लिए।

ऊँची किश्तों पर।

दबी जुबान में मैंने इन्हें जब स्कूटर की बाकी किश्तों की याद दिलाई तो उन्होंने मुझे धमका दिया, "चुपचाप अपने कोने में पड़ी रह वरना, तुझे अभी निकाल बाहर करूँगा···।"

उसी दिन मेरी जुबान मेरे तालू से आ जमी। मेरी माँ कहा करती थीं, अपने

दाँत तभी दिखाने चाहिए जब आप उनसे काट सको।

और मेरे पास घर के बाहर कोई ठिकाना न तब रहा और न आज ही है।

नए मकान में आकर तो मेरे हाथ-पैर चौबीसों घंटे आराम के लिए बिलबिलाने लगे और दिलोदिमाग छिन-छिन भनभनाने। यहाँ काम का बोझ चौगुना बढ़ गया था।

उधर किराये का हमारा मकान छोटा था, जबकि यहाँ कमरे ज्यादा भी हैं और बड़े भी।

असल में यह भाँय-भाँय मुझे यहीं आने पर सुनाई देने लगी थी। घर में बच्चों की कमी भी ज्यादा यहीं आकर खलने लगी थी।

एक डरावना अकेलापन यहीं आकर काट खाने को दौड़ने लगा था।

सन् 1997 से इन्हें सिलेक्शन ग्रेड मिलने पर इनकी तनख्वाह ने एक नई कुदान फिर से भरी तो जरूर थी मगर इन्होंने अपनी यह औल्टो खरीदी, पिछले ही साल। सन् 2008 में। जब मकान की लगभग सारी किश्तें चुक गई थीं।

घर में मोटर-कार आई तो ये पिकनिक पर जाने लगे, दूसरे शहरों की यात्रा पर निकलने लगे।

आप शायद यकीन न करें मगर यह सच है अपने इन सैर-सपाटों में ये मुझे कभी शामिल नहीं करते।

बोलते हैं, "सवालिया निशान जैसी तुम्हारी बावली सूरत घर के बाहर भी अपनी मनहूसियत फैलाए, यह मुझे मंजूर नहीं··· ।"

ऐसे में कौन जाने प्रिंसिपल बन जाने पर अब मैं ही इन्हें मंजूर न रहूँ?

('समरलोक', अप्रैल-जून, 2009)

माँ का उन्माद

मानस-दर्शन की एक व्याख्या के अनुसार बाल-स्मृतियाँ हमारे अवचेतन के भंडार में संचित रहती हैं और यदा-कदा हमारे सपनों में आन प्रकट होती हैं। उनके केंद्र में रही घटनाएँ बेशक परिधि पर चली जाएँ किंतु उन घटनाओं से उपजे मनोभाव एवं मनोविकार तथा आवेश एवं संवेग जीवन-पर्यंत हमारे साथ लिपटे रहते हैं।

तभी आज 2009 में भी सन् 1948 के मेरे पिता के बँगले का वह कुआँ समय-समय पर मेरे सपनों में तो मुझे दिखाई देता ही है, जिसमें माँ को फेंका गया था; अपनी बगल में बैठे सिक्के फेंक रहे अपने पिता के ठहाके की भयावहता भी आज तक मेरे साथ है जब वे माँ के शव के साथ श्मशान घाट जा रही लारी की खिड़की में से आसपास जमा हुए भिखारियों को देखकर हँसे थे, 'देखो, शोहदे कैसे इन सिक्कों पर टूट रहे हैं!'

उस समय मेरी उम्र कुल जमा सात साल की थी और मेरी स्मृति की संकेतिकी माँ की मृत्यु की पृष्ठभूमि खींचने में अपर्याप्त है। कुछ प्रत्यक्ष और कुछ ऐतिहासिक तथ्य मेरे पास हैं जरूर, फिर भी थोड़े ब्योरे तो मुझे गढ़ने ही होंगे।

कुछ अंतराल तो भरने ही पड़ेंगे। और यहाँ मेरी कल्पना घपला कर सकती है।

मेरी समझ पलटा खा सकती है।

(2)

1902 में जन्मे मेरे पिता अमृतसर के एक नामी वकील थे जिनकी सफलता वंशागत न होकर स्वनिर्मित थी।

मेरे दादा वहाँ की करमों-ड्योढ़ी के एक साधारण कपड़ा-व्यापारी थे परंतु मेरे पिता की न्याय-विधि की असाधारण प्रयुक्ति, विश्लेषण-क्षमता एवं अधिवक्तृता द्रुतगति से उन्हें धनाढ्य बना गई थी।

हाँ, तेईस वर्ष की अपनी अल्पायु में तपेदिक के हाथों वे अपनी माँ और पहली पत्नी खो चुके थे।

अपनी दूसरी पत्नी वे लाए चौदह साल बाद। सन् 1939 में, जब अमृतसर

की रेसकोर्स रोड पर उनका भव्य बँगला तैयार हुआ। उस समय सत्रह वर्षीया मेरी माँ लाहौर के सर गंगाराम हाई स्कूल से मैट्रिक कर रही थीं और लाहौर निवासी मेरे नाना अपने दामाद के मित्र भी थे। और उनकी तरह वकील भी। लेकिन कम सफल।

माँ को बड़बड़ाने की आदत अपने विवाह के तीसरे-चौथे वर्ष ही शुरू हो गई थी। सच पूछें तो मेरा पूरा बचपन उनकी बड़बड़ाहटें सुनते ही बीता था :

'मैं अखबार क्यों नहीं पढ़ूँ? पढ़ूँगी। जरूर पढ़ूँगी। रोज पढ़ूँगी...'

'मैं रेडियो क्यों नहीं सुनूँ? मैं तो रेडियो सुनूँगी। जरूर सुनूँगी। दस बार सुनूँगी...'

'मैं अपने लाहौर चिट्ठी क्यों नहीं लिखूँ? लिखूँगी। जरूर लिखूँगी। जब मन चाहेगा, जभी लिखूँगी...'

यहाँ यह बताता चलूँ माँ मेरे नाना-नानी और अपने दोनों भाइयों से बहुत जुड़ी हुई थीं और सप्ताह में वहाँ चार-पाँच चिट्ठी भेजने में यदि माँ को कमाल हासिल था तो मेरे नाना और दोनों मामा लोग भी उनकी हर चिट्ठी का उत्तर तत्काल भेजने में पीछे नहीं रहते थे। और इसीलिए सन् 1947 की जुलाई के बाद से जब उनकी कोई भी चिट्ठी या खबर माँ को नहीं मिली थी तो उनकी बड़बड़ाहटें तेज और उग्र होती चली गई थीं। फोन मेरे ननिहाल में था नहीं। ऐसे में उन्माद को छूती हुई उनकी मनःस्थिति गड़बड़ाई रहती। साथ में रेडियो और अखबार के लिए उनकी ललक ने भी असंयमित प्रबलता धारण कर ली थी। एक मनोग्रस्ति की सीमा तक। दिन में अब वे दस बार अखबार पलटतीं। बीस बार रेडियो सुनतीं।

जभी उस 1948 की 30 जनवरी को महात्मा गांधी की हत्या की खबर उन्हें मेरे पिता से पहले मालूम हो गई थी, बी०बी०सी० से। और उसे सुनते ही वे बीच का आँगन लाँघकर मेरे पिता के दफ्तर में जा घुसीं।

नंगे सिर, नंगे पैर।

जोर-जोर से बड़बड़ाती हुईं, "कहता था, अहिंसा मेरा कवच है। अहिंसा मेरा हथियार है। फिर गोली खाते समय अपना हथियार उसने कहाँ निकाला? कहाँ दिखाया? और निकालता भी, दिखाता भी, तो क्या हत्यारा अपने हाथ रोक लेता?"

"जीजी," माँ को उस विक्षिप्त अवस्था में देखकर मेरे पिता चिल्लाए।

उन दिनों स्त्रियों का सिर ढकना अनिवार्य रहा करता था। और सिर पर दुपट्टा ओढ़े बिना सलवार-कमीज पहनने वाली पर नग्नता अपनाने का आरोप भी लगाया जाता था। ढके पैर प्रतिष्ठा के प्रतीक माने जाते थे।

बुआ तत्काल वहाँ आ पहुँचीं।

1935 में हुई मेरे दादा की मृत्यु के बाद मेरे पिता के परिवार में अब वही बची थीं। वे बाल-विधवा थीं और मेरे पिता से दस वर्ष बड़ी। भाई के प्रति उनका प्रेम तथा समर्पण भक्ति की सीमा छूता था। मेरे पिता भी उन पर असीम श्रद्धा रखते थे। अपनी गोपनीय से गोपनीय बात भी उन्हें सौंप दिया करते। गृह-व्यवस्था भी बुआ के अधिकार में रहा करती। माँ के नहीं। बल्कि माँ पर वे मेरे पिता से भी ज्यादा शासन करतीं। उन्हें स्वयं तो घर से बाहर कहीं निकलना नहीं होता, माँ को भी वे रोक देतीं। यहाँ तक कि माँ का लाहौर जाना भी उन्हें स्वीकार्य न रहा करता। कहतीं, 'तुम्हें कुछ देने-दिलाने का उन लोगों को इतना शौक चर्राया है तो वे इधर आकर दें-दिलाएँ।' ऊपर से मेरे पिता जोड़ देते, 'अपनी जान आफत में जिसे डालनी हो, वही घर से बाहर कदम निकाले।' कभी विश्व में छिड़े दूसरे महायुद्ध से उत्पन्न हुई विभीषिका का तो कभी 'भारत छोड़ो आंदोलन' की राजनीतिक उथल-पुथल का तो कभी आसपास ही की गलियों एवं सड़कों, रेलगाड़ियों एवं लारियों की लूटपाट और मार-काट का बखान करने लगते। सभी जानते हैं 1940 के दशक के पंजाब के वे साल कितने बीभत्स एवं दुर्भाग्यपूर्ण थे।

"पगली को भगाओ यहाँ से," मेरे पिता ने बुआ से कहा।

किंतु बुआ के आगे बढ़ने से पहले माँ बाहर दौड़ पड़ीं। उसी अवस्था में।

पोर्टिको की मोटरगाड़ी हाथ से पीटीं और कंपाउंड की तरफ बढ़ लीं।

उनके पीछे मेरे पिता दौड़े। बुआ दौड़ीं। मैं दौड़ा।

हमें दौड़ते देखकर माँ हँसीं और कंपाउंड की घास के बीचोबीच बने फव्वारे की तेज, अनवरत फुहार के नीचे जा खड़ी हुईं।

बुआ ने अपने कदम पोर्टिको ही में रोक लिए और मुझे अपनी बाँहों में जकड़ लिया, "वह तो बावली है। ठंड से नहीं डरती। हम तो होशमंद हैं। हम तो ठंड से डरते हैं। बीमारी से डरते हैं।"

अमृतसर में जनवरी की ठंड तीखी होती है, चोखी होती है।

"ईश्वर से नहीं डरते? ठंड से डरते हैं? बीमारी से डरते हैं?" माँ फव्वारे के पानी से खेलने लगीं।

"अरी, पानी का इतना शौक चर्राया है तो पीछे कुएँ में क्यों नहीं जा डुबकी लगा लेती?" बुआ ने अपने हाथ नचाए।

"बेपर्दा औरत है," गुस्से में मेरे पिता ने अपने दाँतों तले होंठ दबाए, "बेहया। बेअदब। ढीठ। अपनी जिद की पक्की···"

"शुरू ही से 'खतरा है', 'खतरा है'," माँ बड़बड़ाने लगीं, "सड़कों पर छुरों,

भालों, तलवारों का 'खतरा'। गलियों में फेंके जा रहे तेजाब का 'खतरा'। रेलगाड़ी में खतरा…"

"तो क्या झूठ कहता हूँ," मेरे पिता आपे से बाहर हो लिए, "रोज अखबार पढ़ती है। दिन-भर रेडियो में कान लगाए बैठती है। कैंप-कैंप की खबर रखती है। वहाँ चिट्ठी भेजती है, यहाँ चिट्ठी लिखती है…"

माँ अब भी हर सप्ताह दो-तीन पत्र अपने पिता और दोनों भाइयों और माँ के नाम जरूर लिखा करतीं, जिन्हें दफ्तर ले जाकर मेरे पिता फाड़ दिया करते, "भारत सरकार या रिफ्यूजी कैंपों की मारफत भी कोई चिट्ठी पहुँचाता है क्या?"

"तो क्या करूँ?" माँ की नाक बहने लगी, आँखें बहने लगीं, "किसी ने मेरे जन का पता किया? पुछवाया कहीं से, लाहौर के किशन नगर वालों पर क्या बीती? कैसे बीती?"

मैं रोने लगा, "माँ, तुम बीमार हो जाओगी। पानी के नीचे मत रहो…"

"कोई है?" मेरे पिता अंदर की तरफ मुँह करके चिल्लाए, "अशरफी लाल …मुंशी जी…ड्राइवर…पन्ना लाल…"

अशरफी लाल हमारा घरेलू नौकर था और पन्ना लाल मेरे पिता के दफ्तर का चपरासी जो 'मुंशी' के साथ दफ्तर की डाक देखा करता था।

"जी, बाबूजी," चारों पोर्टिको में लपक आए।

मनोविनोद और कुतूहल अपने-अपने चेहरों पर चिपकाए।

"तुम्हारी भाभी का दिमाग फिर से फिर गया है," मेरे पिता ने चिंतित मुद्रा में कहा, "उसे फव्वारे से बाहर निकालना होगा, नहीं तो ठंड खा जाएगी। निमोनिया पकड़ लेगी…"

"जी, बाबूजी," चारों मुस्कराए और कंपाउंड की ओर चल दिए।

तभी माँ के उन्माद को ब्रेक लग गया।

शायद उनका शील-संकोच उन पर हावी हो गया था।

बिना अगला पल गँवाए उन्होंने अपनी बाँहों को आड़े-तिरछे किया और अपनी छाती और अपने चेहरे को उनकी ओट में ले गईं।

फिर कंपाउंड के किनारे बिछी फूलों की क्यारियाँ उन्होंने फाँदीं और घर के पिछले भाग में खुलने वाले दरवाजे की दिशा में दौड़ पड़ीं।

"तुम लोग जाओ अब," मेरे पिता ने अंदर से आए समूह को आदेश दिया।

"जी, बाबूजी," आशान्वित तमाशा निरस्त होते देखकर समूह के समस्त चेहरे बुझ गए।

बुआ की बाँहें छुड़ाकर मैं माँ के लिए गए रास्ते की ओर दौड़ पड़ा।

बुआ और मेरे पिता भी उधर ही बढ़ आए।

"उसे ठीक से समझाना होगा," मेरे पिता बोले। मैंने अपने कदम धीमे कर दिए।

"अब उसका इलाज करना पड़ेगा," बुआ ने कहा, "अब वह हमारे समझाने की अवस्था से बाहर हो गई है...."

"पागलखाने भेजकर?"

"वहाँ भी वह ठीक होने वाली नहीं," बुआ ने अपना स्वर नीचा कर लिया—जब भी वे माँ के विरोध में कुछ कहा करतीं, अपनी आवाज जरूर धीमी कर लेतीं—"और मायका भी उसका ला-पता है...."

"फिर?" मेरे पिता ने भी अपनी आवाज नीची कर ली। मैं अचानक रुक गया।

"उसे पूछने वाला अब कोई नहीं। हमीं को कुछ करना होगा। यहीं घर पर," बुआ फुसफुसाईं।

"क्या?"

बुआ ने अपनी बगल में मुझे पाकर मेरे पिता को अपने कान नीचे लाने का संकेत दिया।

वे ले गए।

बुआ ने उनमें कुछ कहा।

"क्या-या-या-या?" मेरे पिता की हँसी छूट गई।

बुआ ने उनकी हँसी का पीछा किया। अपना सिर उठाकर मैंने दोनों की ओर देखा। उनकी हँसी का कारण भाँपने।

दोनों सामने दिखाई दे रहे कुएँ पर टकटकी बाँधे थे।

(3)

वह कुआँ हमारी पिछली चौहद्दी दीवार के साथ सटे बागीचे में खुदा था।

बँगले के निर्मित क्षेत्र के पिछले भाग के प्रांगण के पार।

यह निर्मित क्षेत्र दो भागों में बँटा था। इस पिछले भाग के प्रांगण में हमारी रसोई थी, हमारा हैंडपंप था, हमारे दो गुसलखाने थे और उसके आगे हम लोगों के चार कमरे। जिनमें से एक को बुआ ने अपना मंदिर बना रखा था। इन कमरों के बाद 'बीच का आँगन' पड़ता था और आँगन के आगे के तीनों बड़े कमरे पिता के अनन्य प्रयोग के लिए निर्धारित थे। तीनों थे ही उनके नाम के—'बाबूजी की बैठक',

'बाबूजी का दफ्तर', 'बाबूजी का वेटिंग रूम'। इनमें घर के सदस्यों का जाना लगभग वर्जित था। अपने मुवक्किलों या मुंशी-चपरासी के लिए जब भी मेरे पिता को कुछ मँगवाना होता तो वे इस 'बीच के आँगन' में आकर अशरफी लाल को कहते-पुकारते। पीछे के अपने कमरे में बैठीं बुआ तत्काल रसोई की ओर लपक लेतीं और भाई की माँग देखने-सँभालने लगतीं। हाँ, इधर इन पिछले दो-एक वर्षों से अशरफी लाल को कम ही पुकारा जाता था।

मेरे पिता मंदी के दौर से गुजर रहे थे और उनका दफ्तर अब कई बार पूरा-पूरा दिन खाली पड़ा रहता था।

माँ अपने कमरे में थीं।

सिटकिनी चढ़ाए।

छींकती हुईं। बड़बड़ाती हुईं, "साँस खींचो तो आफत, साँस छोड़ो तो साँसत। बाहर प्राण और शील जोखिम में तो अंदर चित्त और चैन..."

"अभी तुम दफ्तर लौट लो," बुआ ने मेरे पिता से कहा, "फिर मिल-बैठकर कोई रास्ता निकालते हैं..."

(4)

पाँचवीं-छठी सुबह हम सभी बागीचे में बैठे थे जब हमारे गेट की घंटी खड़की। पिछले दो-एक साल से मेरे पिता ने अपने बँगले के बाहर एक बंदूकधारी गार्ड तैनात करवा रखा था। सभी आगंतुकों से वह पूरी पूछताछ करता और संतुष्ट होने पर गेट की घंटी खड़का दिया करता।

"इतनी सुबह कौन आया होगा?" मेरे पिता अपनी रौकिंग-चेयर (दोलन कुर्सी) से उठ खड़े हुए और अशरफी लाल के साथ गेट की तरफ निकल लिए। उनका दफ्तर साढ़े नौ पर खोला जाता था। दस बजे तक अशरफी लाल उसकी सफाई और डस्टिंग खत्म करता था। तब तक दफ्तर के लोग वहाँ आ पहुँचते थे। मेरे पिता का प्रसाधन सुबह सात बजे से नौ बजे तक रुक-रुककर चला करता। इस बीच गर्मियों में जहाँ वह अधिकांश समय सामने वाले लॉन में गुजारते, सर्दियों में सूरज उगने पर अपनी यह रौकिंग चेयर (दोलन कुर्सी) बागीचे में डलवाते और सुबह का अखबार वहीं बाँचते। उनकी कुर्सी की बगल में बुआ भी अपना तख्त लगवा लेतीं और माँ को बुलवा भेजतीं।

'यह सेब, मेरे साथ छील तो, मुरब्बे के लिए...'

'गोभी और शलजम की फाँकें तैयार करनी हैं, अचार डालेंगे...'

'काली ये गाजरें काट तो, काँजी के लिए…'

यों भी अचार और मुरब्बे के जिन मर्तबानों को धूप दिखानी होती, उन्हें इधर पहुँचाने और वापस ले जाने का जिम्मा भी माँ ही का रहा करता। चौदह-पंद्रह साल के अशरफी लाल के हाथ से उनके छूट जाने का डर दिखाकर। वे मर्तबान थे भी ऊँचे और वजनी। माँ के हाथ मजबूत थे और बाँहें बलवती। सच पूछें तो पूरे परिवार में एक वही थीं जो खड़ी-खड़ी मुझे अपनी छाती से चिपका सकती थीं। बुआ का कद माँ से काफी छोटा था और शरीर दोगुना भारी। ऐसे में मुझे उठाते ही उनका दम फूलने लगता। उधर मेरे पिता का कद बेशक बुआ से ऊँचा था, लगभग माँ ही के बराबर मझोला था किंतु उनकी देह की संरचना माँ की तुलना में तनु थी, छरहरी थी। शायद इसीलिए उन पिछले तीन-चार वर्षों से अपने लाड़ की हिलोर में वह मुझे पहले की तरह अपने कंधों पर नहीं बिठाते, बल्कि अपने घुटने और पैर चिपकाकर लेट जाते, मेरी ठुड्डी अपने घुटनों पर टिकाते और मेरे पैर अपने पैरों पर रखते और मुझे झूला झुलाने लगते। मेरी बाँहों को अपने हाथों में थामकर।

गेट से वे लौटे तो उनके पीछे चल रहे अशरफी लाल के साथ एक अजनबी भी था। ऊँचे कद का। लंबाई-चौड़ाई में खूब हट्टा-कट्टा मगर फटीचर हालत में। रूखे बाल, चार-पाँच दिन पुरानी दाढ़ी, फटी कमीज, मैला पाजामा, जीर्ण चप्पल। उम्र यही, कोई पैंतीस और चालीस के बीच।

"जीजी," मेरे पिता ने अपनी दोलन कुर्सी ग्रहण की, "यह मदन माली है। सुबह आठ बजे से एक घंटे के लिए हमारे बागीचे में काम करेगा। उधर लाहौर के शहादरे में बने कालीन के एक कारखाने में बुनाई-मजदूर था।"

"लाहौर से आया है?" माँ उतावली हो उठीं, "किशन नगर जानता है? मेरे पिता श्री गिरधारी लाल को? मालूम है वे कहाँ हैं?"

"बीबी जी," मदन माली बोला, "कोई नहीं जानता, कौन बचा? कौन तबाह हुआ? समझिए लाहौर का पुराना नाम 'अँधेरों शहर' फिर से दीख गया…"

"तुम कब आए? कैसे आए?"

"अपनी साइकल से। दिन में छुप जाता, रात में निकल लेता।"

"अपने घर के लोगों के साथ?"

"नहीं, बीबी जी। मेरी दो बहनें थीं, घर वाली थी, तीन बेटियाँ थीं। सभी कुएँ में कूद गईं…अपनी लाज की मर्यादा की खातिर…"

"अब उसे अपना काम शुरू करने दो," मेरे पिता ने माँ को चुप करा दिया—माँ का अजनबियों से बात करना, उन्हें असह्य था—"बाकी बात कल कर लेना, परसों

कर लेना। रोज ही तो इसे इधर आना है...."

"क्यों नहीं बात करूँ?" माँ बड़बड़ाने लगीं, "मैं तो बात करूँगी। अपने लाहौर की बात करनी है मुझे...जरूर करूँगी...."

"मदन माली, तुम अपना काम देखो। यह औरत पगलैट है...."

"जी, बाबूजी," मदन माली कुएँ की बगल वाली अंगूर और लौकी की बेलों की तरफ चल दिया।

उस समय तो माँ रूठकर अंदर चली गईं, लेकिन आगामी दिनों में मेरे पिता की आँख बचाकर वे मदन माली के पास पहुँच जातीं। मुझे साथ लिए।

दोनों लाहौर की खूब बात करते।

लाहौरी पंजाबी में, जिसकी पंजाबी में उर्दू मिली रहती है।

वह अपने शहादरे में बने जहाँगीर के मकबरे की बात करता, हजूरी बाग बारादरी के रोशनाई गेट की बात करता, शहर के अंदर बने लाहौर सेंट्रल रेलवे स्टेशन की बात करता, शाही गुजरगाह की बात करता जो अकबरी गेट से लाहौर किले तक जाती। किले की बात चलती तो माँ लाहौर के पुराने नाम, लौह्र-वार का मतलब बताने लगतीं। लाहौर शहर की नींव 4000 साल पहले हमारे श्री रामचंद्र भगवान् के सुपुत्र, लव ने जब रखी और यह किला बनवाया तो वह लौह-वार कहलाया, यानी लव का किला। फिर मुझे देखकर बतातीं, जैसे अंग्रेजी भाषा में किसी भी शब्द के अंत में वाउइल के बाद आए अक्षर 'आर' को 'अ' उच्चारित करते हैं, 'मदर' को 'मदअ' बोलते हुए, लगभग उसी प्रकार पंजाबी भाषा में अक्षर 'र' को 'औ' बोल देते हैं, 'जसवन्त' को 'जसौन्त' और 'लव' को 'लौ'। फिर कहतीं, लव ने उस किले में एक मंदिर भी बनवाया था, जो अब खाली था। इस पर मदन माली औरंगजेब को याद करता जिसने किले की बगल में बादशाही मसजिद बनवाई, आलमगीरी गेट बनवाया।

माँ को अपना सर गंगाराम स्कूल याद आता, भाइयों का सेंट्रल मॉडल स्कूल याद आता, नाना की यूनिवर्सिटी याद आती जो माल रोड के छोर पर बनी थी, लक्ष्मी चौक, चौक यतीमखाना, टालिंगटन मार्किट, मांटगुमरी हॉल, गवर्नमेंट कॉलेज, नेशनल कॉलेज ऑव आर्ट्स, क्लॉक टावर, जी०पी०ओ० और वाइ०एम०सी०ए० की इमारतें याद आतीं। नाना के लाहौर हाई कोर्ट और उसके पार बने गुलाबी गिरजाघर की माँ खूब बात करतीं। जिसमें छह घंटियाँ थीं जो पूरे इलाके में गूँजा करतीं।

बीच-बीच में मदन माली अपने हाथ आकाश की ओर उठाता और वारिस शाह की द्विपदी सुनाता :

खादा पीता वाए दा
बाकी एहमद शाए दा

यह अहमद शाह दुर्रानी नादिर शाह का उत्तरवर्ती अफगान आक्रमणकारी था जिसने मुगल साम्राज्य के बचे हुए टुकड़ों पर धावा बोला था और पंजाब और काश्मीर क्षेत्रों को समाहित कर उन पर शासन किया था।

उस दिन मदन माली ने अपनी कारीगरी की बात छेड़ रखी थी कैसे वह इकहरी भरनी वाले तुर्कमान और काफ स्टाइल, दोहरे बान वाले मुगल टाइप या फिर लोकप्रिय मडैलियन, गोलाकार चित्र और नक्काशी अपने गलीचों में उतारने में निपुण था और माँ तरंग में आकर अपने दहेज में मिली मोठड़े की एक दरी अंदर से निकालकर उसे दिखा रही थीं जब मेरे पिता वहाँ चले आए।

उनके हाथ में एक लिफाफा था।

"यह क्या हो रहा है?" उन्होंने दरी देखते ही पूछा।

"कुछ नहीं, बाबूजी," मदन माली हाथ जोड़कर खड़ा हो गया "बीबी जी हमें अपनी दरी दिखा रही थीं।"

"इसे छोड़ो, यह बताओ, बागीचे में तुमने पपीता बो दिया क्या?"

"बीज तो मुझे अभी मिले नहीं थे, बाबूजी···"

"यह लो," लिफाफा उन्होंने उसके हाथ में थमा दिया, "इन्हें आज ही बोना है···"

"कहाँ लगवाएँ?" मेरे पिता ने माँ से पूछा।

"जीजी बेहतर बता पाएँगी," माँ अपनी दरी समेटने लगीं।

"वे कहाँ हैं?" बुआ वहाँ नहीं थीं।

"अंदर रसोई में अशरफी लाल के साथ ठंडाई तैयार कर रही हैं···"

"जा," मेरे पिता ने मुझे वहाँ से उठा दिया, "जीजी को बुला ला···"

मैं प्रांगण के दरवाजे से रसोई में आ पहुँचा।

बुआ महीन कपड़े के एक टुकड़े में पिसे बादाम और मसाले दूध में छान रही थीं।

कपड़े का एक सिरा अशरफी लाल अपने दोनों हाथों से थामे था। बुआ बाएँ हाथ से कपड़े का दूसरा सिरा पकड़े थीं और दाहिने हाथ से उसमें दूध घोल रही थीं। कपड़े का गाढ़ा हो रहा दूध नीचे रखे कटोरदान में जमा किया जा रहा था।

मेरे पिता का संदेश सुनकर बुआ ने अपना दायाँ हाथ रोक लिया और मुझसे बोलीं, "इधर मेरी जगह पर बैठ तो! बस यह सिरा ही तो पकड़ना है! इसे सँभालकर

पकड़ रखना। मैं अभी आती हूँ…"

"जीजी, बाकी हम बना दें?" अशरफी लाल ने पूछा।

"ठीक है," बुआ ने कहा, "मगर कपड़े में दूध घोलते समय चम्मच इस्तेमाल करना, अपना हाथ नहीं…"

"जी, जीजी…"

मेरे हाथ में अपना हाथ खाली कर बुआ बाहर चली गईं।

अशरफी लाल ने एक नया गिलास दूध पिसी सामग्री वाले कपड़े में उड़ेला और उसमें अपना हाथ छोड़ने ही वाला था कि मैंने उसे रोक दिया, "बुआ ने अभी क्या बोला था? इसे हाथ नहीं लगाना…"

"जानते हैं," अशरफी लाल उद्दंड हो आया, "सब जानते हैं। इन हाथों से हम आटा सानें, मंजूर है। चटनी पीसें, मंजूर है, पूड़ी-पराँठा सेकें, मंजूर है। मगर दूध या बादाम हम छू लें, यह मंजूर नहीं। भला मंजूर क्यों नहीं? कहीं हाथ धोते समय हम इसे चख लिए तो स्वाद न जान जाएँगे? स्वाद जान जाएँगे तो चस्का पाल लेंगे…"

"तुम बहुत बोलते हो," मैंने अपनी झेंप मिटाते हुए कहा।

अशरफी लाल हँसने लगा, "बोलता नहीं बहुत, मगर जानता बहुत हूँ।"

"क्या जानते हो?"

"जिस मदन को आप मालिक लोग लाहौर के शहादरे के कारखाने का मजदूर मानते हो वह वहाँ की जेल से छूटा एक अपराधी है। यह बुनाई का काम उसने वहाँ जेल में सीखा किसी कारखाने में नहीं…"

"अशरफी लाल," तभी मेरे पिता की आवाज प्रांगण में गूँजी, "भागकर गेट से गार्ड को बुला ला। तुम्हारी भाभी ने कुएँ में छलाँग लगा ली है…"

"जी, बाबू जी," अशरफी लाल ने अपने हिस्से का कपड़ा कटोरदान के ऊपर टिकाया और बाहर भाग लिया।

मेरे हाथों की पकड़ में रखा सिरा उसी पल मुझसे छूट गया।

मैं कुएँ की ओर लपका। वहाँ उसकी मुँडेर पर मेरे पिता और बुआ मदन माली के साथ खड़े थे। तख्त से माँ की मोठड़े की दरी नदारद थी।

"मुझे ऊपर लो," मुँडेर मुझसे ऊँची थी और मैं बुआ के कंधे पर सवार होकर माँ को देखना चाहता था, पुकारना चाहता था।

"मैं तुझे कहाँ उठा पाऊँगी, काके?" बुआ ने मेरी बाँह थाम ली।

उनकी बाँह छुड़ाकर मैं मदन माली के पास जा पहुँचा, "आप उठा लो।"

उसने ऊपर उठी मेरी बाँहों की ओर अपने हाथ बढ़ाए ही थे कि मेरे पिता ने

उसे रोक दिया, "रुक जाओ।"

वे बुआ से बोले, "जीजी, आप काके को अंदर ले जाइए···"

"मैं माँ के साथ अंदर जाऊँगा," मैं रोने लगा।

"उसे हम वहीं ला रहे हैं···"

बुआ मुझे घसीटती हुई अंदर ले आईं।

मदन माली उस दिन के बाद हमारे बँगले पर कभी नहीं आया।

मगर मुझे अपने सोते में और कभी-कभी तो जागते में भी वह आज भी दिखाई दे जाता है। माँ को मोठड़े की उस दरी में लपेटकर कुएँ में फेंकते हुए।

जो कुएँ से माँ की लाश निकालते समय वहाँ पाई गई थी।

29 फरवरी, 1948 की सुबह।

('कथादेश', सितंबर, 2009)

बाबूजी की जमीन

"हमारे पास जमीन क्यों नहीं है?" बाबूजी की जमीन की बात पहली बार मैंने अपने सातवें वर्ष में उठाई थी जब मेरे जमींदार ताऊ हमारे घर पर बासमती, मूँग और उड़द की तीन बोरियाँ पहली बार लाए थे, 'मेरी जमीन की सौगात है…'

मेरे दादा की मृत्यु उस समय हाल ही में हुई थी जो अभी तक हमारे लिए अनाज और दालें लाते रहे थे, 'तुम्हारी जमीन की हैं…'

"क्योंकि हमारे पास अपनी प्रिंटिंग प्रेस है।" एक थपकी के साथ बाबूजी ने मुझे अपने कंधे पर उठा लिया था।

उस समय उनके कंधे खूब चौड़े थे और काठी भी खासी मजबूत।

"वह जमीन है?" ताऊ हँसे थे, "जो फसल उगाने की बजाय काले कागज उगलती है?"

"कागज काले नहीं करती," बाबूजी नाराज हो गए थे, "उन पर मोती उकेरती है…"

"भाई नुकसान की बात बहुत करता है…"

ताऊ तब नहीं जानते थे बाबूजी का वह छापाखाना पैंतीस साल बाद इतनी ऊँची कीमत पर बिकेगा। सौ गुना लाभ के साथ।

"सारी कीमत तो जमीन की है," छापेखाने और उसके ऊपर बने मकान की खरीद का भाव बताते समय प्रॉपर्टी डीलर बोला था।

"जमीन की?" मैं ठिठका था।

"और क्या? ऊपर मकान एकदम खस्ताहाल है और छापेखाने की मशीनें बहुत पुरानी। आज की ऑफसेट और रोटो ग्रैव्यूर प्रिंटिंग और मल्टी कंप्यूटराइज्ड टाइपसेटिंग के जमाने में यह लेटर-प्रेस सिस्टम वाली टू-कलर शीट फेड-फ्लैटबेड वाली सिलंडर प्रेस के कोई क्या दाम देगा?"

"हूँ…हूँ…" मैंने सिर हिलाया था। बाबूजी की जमीन की धरातल उसकी समझ से बाहर थी। जिस जमीन को बाबूजी आखिर तक पकड़े रहे, वह जमीन न कभी

बेची जा सकती थी, न खरीदी। उसकी लंबाई-चौड़ाई भी माप के बाहर थी।

वह अब मेरे अंदर घर किए बैठी है। लेकिन अफसोस, मैंने उसे घर दिया उन्हें खोने के बाद।

उन्हें खोने के दिन···

"मैं डॉ० दुर्गादास बोल रहा हूँ," उस दिन ग्यारह बजे मुझे मेरे पोलिटेक्निक पर फोन आया।

"बाबूजी आपके पास हैं?" माँ की मृत्यु के बाद ही से मुझे खटका था। बाबूजी की तकलीफ मुझसे पहले इन्हीं डी-थ्री अंकल (डॉ० दुर्गादास का उल्लेख हम इसी नाम से करते हैं) के पास पहुँचेगी।

"हाँ, उन्हें दिल का दौरा पड़ा है। मैंने अपने नर्सिंग होम में दाखिल कर लिया है। आई०सी०यू० के केबिन नं० पाँच में। तुम्हें फौरन आ जाना चाहिए···"

"मैं पहुँच रहा हूँ···"

मेरे पोलिटेक्निक से छापेखाने की दूरी बीस किलोमीटर से कुछ ऊपर ही थी। बल्कि इसी दूरी का हवाला देते हुए मैंने बाबूजी का मकान सन् 1992 ही में छोड़ दिया था। उसी साल मुझे इस पोलिटेक्निक में अध्यापन-कार्य मिला था और यहाँ के छात्रावास का एक कमरा मुझे सहज में मिल गया था। मेरे विवाह के उपरांत फिर यहाँ के आवास-क्षेत्र का एक फ्लैट ही मुझे नियमानुसार अलॉट कर दिया गया था। और माँ और बाबूजी से पारस्परिक दूरी बनाए रखने का यह दोहरा कारण बन गया था।

असली कारण कुछ और था।

असल में अपनी किशोरावस्था तक पहुँचते-पहुँचते माँ और बाबूजी के प्रति मेरी बचपन की आस्था लड़खड़ाने लगी थी।

माँ के गैर-हिंदू होने के भेद को समझ लेने के कारण।

और यह समझ मेरे कुछ परिचित ठाकुर-परिवारों और बाबूजी के परिवारजन के माँ के प्रति अलगाव-भरे व्यवहार से उपजी थी और साल दर साल बढ़ती चली गई थी···

एक नए भय के साथ, ईसाई धर्म की माँ के बेटे होने के नाते विशुद्ध ये ठाकुर लोग कहीं मुझे अलग न छिटक दें?

एक नए क्रोध के साथ, बाबूजी ने उन्हें मेरी माँ बनाकर क्यों मुझे वंशागत कुलीनता से वंचित कर दिया?

एक नई वितृष्णा के साथ, बाबूजी के निरीश्वरवाद के प्रति, माँ के यीशु मसीह को अपना ईश्वर मानने के प्रति...

फिर माँ और बाबूजी से विमुख होकर मैं अपने ताऊ-ताई की ओर घूम पड़ा था। अपने विवाह की व्यवस्था और आयोजन के लिए भी मैंने उन्हीं को आगे किया था। मेरी पत्नी उन्हीं की देखी-भाली विशुद्ध प्रजनित ठाकुर-परिवार से रही, जिसे माँ को एक गृहस्वामिनी के अधिकार देने स्वीकार्य नहीं थे।

नर्सिंग होम के आई०सी०यू० के बाहर सबसे पहले मुझे अपना पुराना नौकर कुंदन दिखाई दिया और बाद में बाबूजी के छापेखाने के पाँचों कर्मचारी।

सभी सकते में थे।

"बाबूजी कैसे हैं?" मैंने पूछा।

"कुछ मालूम नहीं," कुंदन ने कहा।

मैं केबिन नं० 5 में बढ़ लिया।

डी-थ्री अंकल एक समूह के साथ वहाँ बाबूजी का ब्लड-प्रेशर माप रहे थे।

मैंने उनकी दिशा में अपने हाथ जोड़ दिए।

उन्होंने अपना सिर हिला दिया। चिंतित मुद्रा में।

बाबूजी अचेत थे। मगर उनके हाथ और पैर सिहर रहे थे। शायद अपने से संबद्ध ई०सी०जी० मशीन के कारण जिसकी स्क्रीन पर एक ग्राफ निरंतर उछल रहा था।

"ब्लड-प्रेशर अभी काबू में नहीं आ रहा," डी-थ्री अंकल ने अपनी ब्लड-प्रेशर की मशीन समेटते हुए कहा, "अगले चार घंटे पूरी चौकसी रखनी होगी..."

"क्या रीडिंग है?" मैंने पूछा।

"220/140। लगता है इधर अपनी ब्लड-प्रेशर की दवा ठीक से नहीं लेते रहे।"

"शायद," मैं झेंप गया। बाबूजी के ब्लड-प्रेशर की मुझे अभी तक कोई जानकारी नहीं रही थी। इधर उन्हें मिले हुए मुझे कई महीने हो चले थे। फोन पर यदा-कदा जब उनसे बात होती भी थी, तो उनकी आवाज में मैंने हमेशा पहले वाला दम, पहले वाला जीवट और पहले वाला आक्रमण ही पाया था।

"मेरे साथ आओ," डी-थ्री अंकल ने मुझे अपने पीछे आने का संकेत दिया।

"जी, अंकल," मैंने कहा।

"जब तक मेरे ये दो डॉक्टर और यह नर्स यहीं बने रहेंगे," उन्होंने पीछे रह गए अपने समूह की ओर संकेत दिया।

"यस सर···" समूह ने हामी भरी।

"बाबूजी बचेंगे तो?" जैसे ही हम केबिन से बाहर हुए मैं पूछ बैठा।

"मालूम है?" उन्होंने अपनी बाँह से मेरी पीठ घेर ली, "जब तुम्हारी माँ के बारे में मैंने उन्हें कहा, शायद वे अब बचेंगी नहीं तो वे क्या बोले?···बचेगी कैसे नहीं। वह मेरे अंदर हमेशा बची रहेगी। उन्हीं की बात दोहराऊँगा, वे जरूर बचेंगे। तुममें। मुझमें। उनका हौसला बचा रहेगा। तुम्हारे साथ। मेरे साथ। मालूम है? उनका हौसला कैसा हौसला था? सिविल सर्विस में बैठे। नहीं आए। आगे बढ़ लिए। छापाखाना खरीदा। नहीं चला। मगर वे उसे चलाते चले गए। बिना झुके। ईसाई लड़की से प्रेम हुआ तो उससे शादी कर ली। परिवार ने विरोध किया तो कचहरी में जाकर रजिस्ट्रार से शादी का सर्टिफिकेट हासिल कर लिया। पूरी जिम्मेदारी के साथ। कैंसर उसे लील ले गया तो उसे उसकी इच्छानुसार कब्र दी। पूरी धज से। दुनिया की ऐसी की तैसी। हौसला है, हौसला। अटूट और मजबूत। कोई कितने भी हथियार खड़खड़ाए आप अपने हथियार सीध में मिलाते चले गए···"

डी-थ्री अंकल बाबूजी के गाँव के थे और अपनी डॉक्टरी की पढ़ाई के दिनों तक मेरे दादा के आश्रित-राज्य के लाभ-भोगी भी रह चुके थे। बेशक अपनी पढ़ाई खत्म करते ही वे अपने भावी ससुर के संरक्षण में चले गए थे जो उन्हें स्थानीय मेडिकल कॉलेज में पढ़ा चुके थे और अब रिटायर होने के बाद अपना यह नर्सिंग होम खोल लिया था। यहीं से सन् 1966 में डी-थ्री अंकल ने इस छापेखाने के बिकने की संभावना की सूचना बाबूजी को दी थी। छापेखाने का पुराना मालिक इसे बेचकर टी०वी० की एजेंसी खरीदना चाहता था। इधर बाबूजी भी उस साल के आते-आते स्थानीय यूनिवर्सिटी से एम०ए० कर लेने के बाद सिविल सर्विस परीक्षा में तीन बार विफल हो चुके थे और उन दिनों अपने लिए कोई विकल्प खोज रहे थे। ऐसे में इस छापेखाने को चलाने का प्रस्ताव उन्हें भा गया था और उन्होंने गाँव के अपने हिस्से की जमीन बेचकर इसे खरीद डाला था। मेरी माँ से भी बाबूजी इसी नर्सिंग होम में मिले थे जहाँ वह एक नर्स का काम करती थीं।

"दौड़कर यह दवा और इंजेक्शन ले आओ। फिर ऑक्सीजन का प्रबंध करना होगा···"

"जी, अंकल···"

"बाबूजी कैसे हैं?" आई०सी०यू० के बाहर डेरा डाले छापेखाने के आदमी और कुंदन मुझे देखते ही मेरी ओर बढ़ आए।

"कुछ पता नहीं," मैं एक शून्य में विचर रहा था, "अभी तो कुछ सामान लाना होगा…"

"आप हमें बताइए," सभी लगभग एक साथ बोल पड़े, "हम सब कर लेंगे। आप बाबूजी के पास बैठिए…"

"और खरीद के रुपए?" अपनी जेब से मैंने अपना बटुआ निकालकर खोल लिया।

"अभी कुछ मत दीजिए, भैया जी," कुंदन ने कहा, "इस इलाके का चप्पा-चप्पा बाबूजी को जानता है। मानता है। हम रामप्रसाद के साथ विंध्याचल को भेज देते हैं और ये सारा सामान अभी लाए देते हैं…"

डी-थ्री अंकल की पर्ची मैंने उन बढ़े हाथों में थमा दी।

"आज सुबह ही से बाबूजी का जी अच्छा नहीं था," कुंदन ने मुझे स्निग्धता दिखाई, "अम्मा की आलमारी खोले बैठे थे। चाय नहीं पी। नाश्ता नहीं किया। नहाए नहीं। आठ बजे हमें फूल लिवाने भेज दिए। हम समझ लिए, अम्मा की समाधि पर आज फिर जाएँगे। पत्नी के ऐसे भक्त हमने बिरले ही देखे हैं…"

"साढ़े आठ के करीब हमारे पास आए हैं।" एक प्रेसमैन भी शुरू हो लिया, "हाथ का मेक-रेडी फार्म हमें थमाए हैं, फिर चेस में जब हम ले-आउट जमाने लगे हैं तो हमसे बोले हैं, लॉक-अप करते समय कलर वाले फार्म की अंडर-ले का जरूर ध्यान रखना, कोई तस्वीर आउट ऑव रजिस्टर न होने पाए, इस फार्म की तैयारी में मैंने बहुत घंटे खपाए हैं। और हम हँसे हैं, मेक-रेडी का यह चक्कर अब छोड़िए, नई मशीनें लाइए और इलैक्ट्रोनिक पेज मेकअप शुरू करवाइए…"

"और बाबूजी ने क्या जवाब दिया?" मैं उत्सुक हो लिया। दो-तीन साल पहले जब मैंने उन्हें यह सुझाव दिया था तो वे मुझ पर झपट पड़े थे, 'जब यह छापाखाना मेरे साथ खत्म ही होने वाला है तो तुम इसकी फिक्र क्यों रखते हो?'

"जवाब वही पुराना," वह प्रेसमैन गंभीर हो गया, "ये मशीनें मुझे पहचानती हैं और मैं इन्हें। इस जवाब पर सिलंडर पर प्लेट लगा रहे विंध्याचल भी हँस दिए हैं, नई मशीनें भी पहचान लेंगी। आप उन्हें लाइए तो। शहर के प्राइम कमर्शियल एरिया पर आपका छापाखाना खड़ा है। इसका एक-चौथाई हिस्सा भी बेचेंगे तो उन मशीनों की खरीद निकल आएगी। और बाबूजी झल्लाए हैं, चलो, अभी तो काम शुरू करो…"

"फिर करीम रबर रोलर पर इंक लगाए हैं," दूसरा प्रेसमैन बोला, "और रशीद फाउंटन को एडजस्ट करने में लग गए हैं। और इधर हम ग्रिपर्ज से डिलीवरी करने

को अपनी ट्रे तैयार किए हैं और सोच रहे हैं, बाबूजी प्रेस का बटन अभी दबाए कि दबाए, कि तभी देखते हैं वे एकाएक फर्श पर बैठ लिए हैं और डॉ० साहब का नाम पुकारे हैं, 'डी०डी०' और रामप्रसाद नर्सिंग होम की तरफ दौड़ पड़े हैं···"

"और हमसे जो अम्मा की समाधि के लिए फूल मँगवाए हैं, हम वे फूल लिए हक्के-बक्के खड़े हैं," कुंदन ने कहा, "जब डॉ० साहब अपने नर्सिंग होम से बाबूजी के लिए स्ट्रैचर मँगवाए हैं···"

तीसरे घंटे जब बाबूजी की चेतना लौटी तो उस समय मैं उनके साथ था। अकेला।

इस बीच ऑक्सीजन का प्रबंध भी हो चुका था और नए मँगवाए दो इंजेक्शन भी उन्हें दिए जा चुके थे।

मुझे देखते ही बाबूजी ने अपना दायाँ हाथ मेरी ओर बढ़ा दिया।

यह उनकी पुरानी आदत थी, जब भी मुझसे सुलह करनी होती वे ऐसी ही अंग्रेजियत दिखाया करते।

"डी-थ्री अंकल को बुलाऊँ?" आगे बढ़ा हुआ उनका हाथ मैंने अपने दोनों हाथों से ढाँप लिया।

"नहीं, अभी नहीं," उनका स्वर बहुत धीमा, बहुत कमजोर था, "एलिस की आज बरसी है··पहली बरसी··।"

माँ का नाम एलिस था।

"हाँ," मैंने कहा।

माँ के अंतिम संस्कार पर हुई अपनी बहस मुझे याद आ गई। मैं माँ का दाह-कर्म करना चाहता था। मगर बाबूजी उन्हें कब्रिस्तान में दफनाने पर अड़े रहे थे, 'एलिस अपने आखिरी दम तक यीशु को अपना ईश्वर मानती रही है, और मैं सिर्फ उसी के लिए जवाबदेही रखता हूँ, किसी भी दूसरे जन के लिए नहीं···' फिर मेरी ताई ने आगे बढ़कर मुझे मेरी पत्नी और बच्चों के सामने याद दिलाया था, 'अपनी शादी के समय भी इन्होंने अपने मन की मानी थी, पूरे परिवार की अवमानना करते हुए कचहरी में जा शादी रचाई थी।' और मैं जमीन में गड़ गया था। मेरी बेटी उस समय अपने चौदहवें साल में दाखिल हो रही थी और बेटा ग्यारहवें साल में।

"एलिस के लिए तुम्हें आज कुछ करना होगा," बाबूजी फुसफुसाए, "उसे तुम्हें अपने दिल में जगह देनी होगी। अपने अंदर तुम्हें अपना बचपन बचा रखना होगा···"

बिना मुझे कोई चेतावनी दिए बाबूजी की दिशा से एक उछाल मेरे कलेजे में

आन उतरा। मेरी समूची देह में एक थरथराहट, एक तड़पड़ाहट दौड़ाता हुआ।

मेरे अंदर कुलबुला रही सुबकियाँ बाहर निकल भागीं।

और मैं रोने लगा···

माँ के लिए···

बाबूजी के लिए···

अपने लिए···

"क्या हुआ?" बगल वाली केबिन से एक नर्स वहाँ आ पहुँची।

"बाबूजी को देखिए," मैंने अपने को सँभाला।

नर्स ने स्क्रीन पर अपनी नजर दौड़ाई।

वहाँ तरंगें कलैया मार रही थीं।

नर्स उसी पैर लौट ली।

अगले ही पल डी-थ्री अंकल केबिन में अपने समूह के साथ चले आए।

"ऑक्सीजन मास्क लगाना होगा," उन्होंने अपने समूह को संबोधित किया।

ऑक्सीजन के बावजूद बाबूजी लौट नहीं पाए।

प्राणविहीन उनकी देह के साथ वह रात मैंने छापेखाने वाले मकान पर बिताई।

कुंदन ने दो-एक बार कहा भी कि सुबह तक वह भी बाबूजी के पास रहना चाहेगा मगर मैंने उसे नीचे बने उसके कमरे में वापस भेज दिया।

मेरे मोबाइल पर मेरी पत्नी ने भी मेरा वहाँ साथ देने का प्रस्ताव मेरे सामने रखा परंतु उसे भी मैंने टाल दिया।

मुझे वह रस्सी अकेले में उस खूँटे से बाँधनी थी जिसे इतने साल मैं दाँव पर रखे रहा था।

एक सतही खूँटे के बल उछलने के लोभ में।

('नया ज्ञानोदय', अगस्त, 2009)

पुरानी उमस

मेरे पिता, यशवीर सिंह सोहल, पंजाब के रहने वाले थे। जाट सिख समुदाय से। सन् 1907 में हुई देश की पहली किसान क्रांति के वे गवाह भी रहे थे और हिस्सेदार भी, और बाद में पूरे स्वतंत्रता संग्राम के।

शायद इसीलिए वे विवाह के पक्ष में नहीं थे, किंतु अपनी उम्र के सैंतीसवें साल में जब वे मेरी माँ से मिले तो उन्होंने अपना इरादा बदल लिया। सन् 1925 में जब मेरे नाना की रेल की नौकरी उन्हें कस्बापुर से अमृतसर लाई थी।

वहीं गवर्नमेंट कॉलेज फॉर विमेन में आयोजित एक डिबेट में भाग ले रही मेरी माँ को खालसा कॉलेज की अपनी टीम के साथ गए मेरे पिता ने पहली बार देखा-सुना और इतना प्रभावित हुए कि उसी दिन मेरे नाना के घर पहुँच गए। यह जान लेने पर कि माँ बाल-विधवा थीं, उनके परिवारजन ने उनके विवाह का विरोध भी किया किंतु मेरे पिता ने उनसे विवाह करने का अपना निश्चय नहीं बदला, फलस्वरूप सन् 1926 में मेरा जन्म हुआ।

स्वतंत्रता संग्राम से संबंधित उनकी बीती के कुछ अंश मैं उन्हीं की जुबानी दे रहा हूँ…।

"सत श्री अकाल, भा'जी," अपने गाँव, बारहवाँ मील के कुएँ पर मैं अपने जर्मन मैस्टिफ को उसके दोनों टहलुवों की मदद से नहला रहा था कि रंगरूटा हमारे पास आन खड़ा हुआ।

वह हमारे कोचवान भागसिंह का बेटा था और उसे हम सब 'रंगरूटा' ही पुकारते थे, हालाँकि भागसिंह ने अपने इस सातवें बेटे को अपनी अंग्रेजी हुकूमत की फौज में भेजने का अपना इरादा बदल लिया था। पढ़ाई में उसकी लगन देखकर। तेरह साल पहले जब भागसिंह ने उसे स्कूल भेजने की इजाजत मेरे पिता से माँगी थी तो कोई सोच भी नहीं सकता था कि वह पढ़ाई में ऐसा अव्वल निकलेगा कि उसे फिर अमृतसर के खालसा कॉलेज में दाखिला मिल जाएगा। जहाँ मैं 1907 के उस साल बी०ए० फाइनल में आन पहुँचा था।

"आपसे एक चिट्ठी लिखवानी थी, भा'जी," उसने एक लिफाफा मेरे सामने लहराया।

"बिना हाथ जोड़े? बिना पैर पकड़े?" मैं गुर्राया। उसे उसकी हैसियत याद दिलाने।

"आपकी जीहुजूरिया में मेरे पिता अपने हाथ जोड़-जोड़कर और आपके पैर पकड़-पकड़कर एड़ी-चोटी का अपना इतना पसीना बहा चुके हैं कि उसमें अब मेरा पसीना जुड़ने की रत्ती-भर भी गुंजाइश नहीं बच पाई है, भा'जी," रंगरूटा ने हँसी छोड़ी।

यह बात उसकी सौ फीसदी सच थी। इन पिछले पंद्रह सालों में भागसिंह के परिवार ने कई उतार-चढ़ाव देखे थे। शुरू के कुछ सालों में 'नीली बाड़' में मिली अपनी जमीन के गेहूँ के बल पर खुशहाली की लकीर तक छू ली थी, फिर अब पिछले कुछ सालों में हुए अकाल के दो हमलों की मार से दोबारा सर्वनाश की चौखट तक भी जा पहुँचे थे, लेकिन भागसिंह की हाजिरी और हुक्मबरदारी हमेशा की तरह बरकरार रही थी। इन बिन।

"कैसी चिट्ठी है?" भागसिंह का खयाल आते ही मैं थोड़ा नरम पड़ गया।

"देखिए भा'जी, देखिए," उसने लिफाफा मेरी तरफ बढ़ा दिया।

मैस्टिफ को उसके टहलुवों के सुपुर्द कर मैंने अपने हाथ पोंछे और लिफाफा पकड़ लिया।

लिफाफे पर उसका नया नाम लिखा था, गुरुमेहर सिंह और भेजने वाले की जगह प्रिंसिपल, खालसा कॉलेज, अमृतसर लिखा था। अंदर चिट्ठी में उसे कॉलेज से निकाले जाने की सूचना दी गई थी क्योंकि उसने तारा सिंह की अगुआई में कॉलेज के स्टाफ और विद्यार्थियों से विदा लेने आए, लेफ्टिनेंट गवर्नर, सर चार्ल्ज रिवाज के विरोध में नारे लगाए थे, 'हिंदुस्तान हमारा है' और 'पराधीन सपनेहुँ सुख नाहीं' साथ ही पिछले महीने मई में, देश से बर्मा निर्वासित किए गए लाजपत राय और अजीत सिंह की रिहाई के लिए गुहार लगाई थी। जिन्होंने लाहौर में 1857 की जंगे-आजादी की पचासवीं सालगिरह मनाने के बहाने जनसाधारण में 'बगावत' की एक नई लहर छोड़ने की कोशिश की थी।

"अंग्रेज इस प्रिंसिपल को मैं अंग्रेजी में जवाब देना चाहता हूँ, भा'जी," रंगरूटे ने कहा, "और इसमें मुझे आपकी मदद चाहिए··· ।"

मेरी अंग्रेजी की धाक गाँव-भर में थी। मेरी स्कूल की पढ़ाई अमृतसर ही के मिशन स्कूल में हुई थी, जहाँ चौथी जमात से शिक्षा का माध्यम अंग्रेजी भाषा कर दिया जाता था बल्कि 1903 में अपनी मैट्रिकुलेशन के बाद मैं लाहौर के ऐचिसन

चीफ्स कॉलेज में दाखिला लेना चाहता था। जिसे 1882 से 1887 तक पंजाब के लेफ्टिनेंट गवर्नर रहे, सर चार्ल्ज ऐचिसन ने स्थापित किया था, किंतु वहाँ जाकर मैंने जाना था उस कॉलेज में दाखिला देते समय ग्रिफिन की तैयार की गई सूची 'राजा'ज आव द पंजाब' को ध्यान में रखा जाता था और केवल उसी सूची के राजाओं और जमींदारों के बेटों को मंजूरी मिल सकती थी। मेरे पिता के पास बेशक इधर अपने 'बारहवाँ मील' में गाँव की सबसे बड़ी ईंट की हवेली थी और उधर 'नीली बाड़' में 556 एकड़ जमीन थी जिसमें खेती-बाड़ी के अलावा दो धर्मशालाएँ थीं, एक 'रिमाउंट डिपो' था जिसमें वे अंग्रेजी हुकूमत की इंपीरियल आर्मी के लिए खच्चर और घोड़े तैयार करते थे और एक 'चक' थी जिसमें वे खास नस्ल वाली गाय-भैंस रखे थे, लेकिन फिर भी ग्रिफिन की उस सूची में वे अभी दूर थे।

"जवाब देने की जरूरत क्या है?" मैंने उसे टाल देना चाहा, "तुम कॉलेज छोड़ो और अपना असली नाम रोशन करो। रंगरूटा··· ।"

1888 में हुए उसके जन्म पर भागसिंह ने उसका यही नाम रखा था : अंग्रेजी शब्द 'रिक्रूट' का अपभ्रंश। यह नया नाम गुरुमेहर सिंह तो उसने अपने लिए आप चुना था। डेढ़ साल पहले। अपनी दसवीं जमात के इम्तिहान का फार्म भरते समय। सिख धर्म में अपनी गहरी आस्था को ध्यान में रखकर। जपजी साहब उसे पूरी तरह से कंठस्थ था और उसने 'नाम' भी ले रखा था। हम सिखों में 'नाम' शब्द का अभिप्राय हमारे पहले गुरु, गुरु नानकदेव जी के नाममार्ग से है। मोक्ष के लिए हिंदू धर्म में बताए गए तीन मार्ग, यानी कर्ममार्ग, ज्ञानमार्ग और भक्ति मार्ग में से उन्होंने आखिरी मार्ग चुना था और उसे नाममार्ग का नाम दे दिया था जिसमें तीन चीजें जरूरी थीं : हृदय-ज्ञान, मुख-भक्ति और वर्तन वैराग्य (व्यवहार में निर्लिप्तता)।

"मेहरबानी करके मुझे गाली मत दीजिए, भा'जी," उसने अपने कान पकड़ लिए, "दुश्मन की फौज में कोई भी देशभक्त भरती नहीं ले सकता··· ।"

"तुम देशभक्त हो?" मैंने ठहाका लगाया, "या गुरुभक्त?"

"एक ही बात है, भा'जी," अपने हाथ जोड़कर रंगरूटा आसमान की तरफ देखने लगा, "हमारे 'नीले घोड़े के सवार', 'चिट्टे (सफेद) बाजों वाले', 'कलगीधर' गुरु गोविंद सिंह जी महाराज तो कहे ही हैं, राज करेगा खालसा। ऐसे में इन विदेशियों के झोली चुक, खुशामदी टट्टू बनना अपने सिख धर्म के साथ बेईमानी होगी और फिर अब तो पूरा देश हमारे साथ है। अभी पिछले दिनों ही 'द हिंदुस्तान' में छपा था, 'वंदे मातरम्, सिपाही मत बनो···' ।"

मुझे झटका लगा।

सच पूछें तो मैं खुद 'इंपीरियल आर्मी' का सदस्य बनना चाहता था।

दूसरे हिंदोस्तानियों के मुकाबले जनसंख्या के हिसाब से हम सिखों का अनुपात वहाँ सबसे ज्यादा था। पंजाब की कुल जनसंख्या में सिर्फ 12 प्रतिशत अंश रखते हुए भी हम पंजाब की फौज का 25 प्रतिशत अंश हथिया चुके थे; सन् 1911 की एक मर्दमशुमारी के तहत बीसवीं सदी की युग-संधि, 1900 में इंपीरियल आर्मी के 42,560 पंजाबियों में 20,060 मुसलमान थे, 11,612 हिंदू और 10,867 हम सिख। पंजाब प्रदेश की अपनी फौजों में 4,122 सिख और थे। हालाँकि 1858 में हुकूमत द्वारा जनरल पील की अगुवाई में बिठलाई गई कमीशन की सिफारिश पर 'इंपीरियल आर्मी' में यूरोपियनों की संख्या अब मूल निवासियों की संख्या से आधी तो जरूर ही रखी जाने लगी थी। आर्मी की गोलंदाज फौज में भी अब हम मूल निवासियों को शामिल नहीं किया जाता था ताकि हमें तोपखाने से दूर रखा जा सके और 1857 जैसी स्थिति दोहराई न जाए और आर्मी में तब दो साल के अंदर ही 75,300 यूरोपियनों की संख्या के आगे हम मूल निवासी घटकर 1,40,500 ही रह गए थे। आगे चलकर 1869 में तो 62,000 यूरोपियन सैनिकों के रहते मूल निवासियों की संख्या और भी घटा दी गई थी : 1,22,000। बाद में फिर 1885 से 1893 तक कमांडर-इन-चीफ रहे, लॉर्ड रॉबर्ट्स ने फौज की भरती को ध्यान में रखते हुए हम 'नेटिवज' (मूल निवासियों) को दो नस्लों में बाँट दिया था, मार्शल (युद्धप्रिय) और नान-मार्शल। इंपीरियल आर्मी में अब सिर्फ मार्शल जातियाँ ही भरती पा सकती थीं : सिख, गोरखे, डोगरे, राजपूत और पंजाबी मुसलमान और मार्शलों में अंग्रेजों को सिख और गोरखा सबसे ज्यादा पसंद रहे।

" 'द हिंदुस्तान' ने ऐसा लिख दिया और तुमने मान लिया?"

"मैंने अकेले थोड़े न माना है, भा'जी?" रंगरूटा बोला, "सारा देश 'वंदे मातरम' को मान रहा है। इधर हमारे पंजाब में भी भाई अजीत सिंह सिंधु की मैगजीन 'भारत माता' में प्रचार हो रहा है, 'पराधीन सपनेहुँ सुख नाहीं', उधर रिसाले 'झंग सियाल' के संपादक ने हमें नया गीत दिया है, 'पगड़ी सँभाल हो जट्टा'। सभी कह रहे हैं हिंदुस्तान हमारा है। आप भी तो सोचिए, भा'जी यह मिट्टी हमारी है, यह जमीन हमारी है, लेकिन इसकी पैदावार यह अंग्रेज उठाएगा? क्यों? यह पानी हमारा है, यह चनाब हमारी है, लेकिन इस पर वॉटर टैक्स लगाएगा यह अंग्रेज? क्यों? अपने छोटे से छोटे लाभ के लिए ये लोभी हम पर बड़े से बड़े जुल्म ढाएँगे? क्यों? देश में दो अकाल आए, महामारी प्लेग आया। 40 लाख पंजाबी मर गए, लेकिन 1906 में ये निर्दयी हमारे लिए यह नया कॉलोनाइजेशन बिल ले आए…।"

'द हिंदुस्तान' ने उसी की बात की थी और उस पर मुकदमा चल रहा है···। मैंने उसे डपट दिया, "तुम उसकी बात मत करो··· ।"

"लेकिन भा'जी। सारे देशवासी आज उसी की बात कर रहे हैं। पिंडीदास के 'इंडिया' की बात कर रहे हैं। 'द ट्रिब्यून' और 'पंजाबी' की बात कर रहे हैं··· ।"

उन दिनों इन सभी अखबारों पर अंग्रेजी हुकूमत ने मुकदमे चला रखे थे राजद्रोह के। इन सभी ने नए आए इस कॉलोनाइजेशन (उपनिवेशन) बिल की जमकर निंदा की थी। उसे जातीय विवाद का नमूना करार दिया था जिसके तहत यह 'व्हाइट' जाति हमारी 'ब्राउन' जाति को रौंद देना चाहती थी।

"बात ही तो कर रहे हैं।" मैंने एक ठहाका छोड़ा, "लाठी कितने जन खा रहे हैं? जेल कितने जन जा रहे हैं? फाँसी कितने जन चढ़ रहे हैं?"

"भा'जी, आप देख लेना। एक-एक देशवासी अब लाठी भी खाएगा, जेल भी जाएगा, फाँसी भी चढ़ेगा। अब हर कोई देश की आजादी चाहता है। इस हुकूमत का खात्मा चाहता है··· ।"

"इस हुकूमत का खात्मा आसान नहीं है," मुझे फिर हँसी आई, "यह बड़ी लंबी-चौड़ी है। बहुत ताकत और जोर वाली है।"

"अगर जापानी रूस जैसी ताकत को हरा सकते हैं तो हम इन्हें क्यों नहीं?" हाल ही में 1904 और 1905 में लड़ी गई रूसी-जापानी लड़ाई में रूस की करारी हार हुई थी, "हम भी दृढ़ता रखते हैं। संकल्प रखते हैं··· ।"

"हुकूमत को माफी की चिट्ठी लिखते हैं।" खालसा कॉलेज वाला उसके नाम का लिफाफा मैंने हवा में लहराया।

"भा'जी, आप देख लेना। मैं भी लाठी खाऊँगा, जेल जाऊँगा, फाँसी चढूँगा, लेकिन उससे पहले उस हुकूमत का सच जरूर खोलूँगा। इस कॉलोनाइजेशन बिल··· ।"

"इस चिट्ठी के जरिए?" मैं होशियार हो गया। "मेरी लिखाई मेरे खालसा कॉलेज के सभी अध्यापक पहचान न लेंगे?"

"नहीं भा'जी चिट्ठी आपको सिर्फ बोलनी है। लिखूँगा तो मैं ही, अपनी लिखाई में। हालाँकि यह बिल छोटे-बड़े सभी किसानों को ले डूबेगा। खासकर हमारी इस 'नीली बाड़' वालों को···यही सब मुझे लिखना है इस चिट्ठी के जवाब में··· ।"

'नीली बाड़' वह इलाका था जो अंग्रेजी हुकूमत ने सन् 1892 में खास सिखों के लिए चुना था। अमृतसर, लुधियाना और फिरोजपुर जिलों के गाँवों में अंग्रेज अफसरों ने

जाकर सबसे अच्छे किसान चिह्नित किए थे और उन्हें उपनिवेशिक बना दिया था, चनाब कॉलोनी का। चनाब नदी के पानी से वे पंजाब के बाईस लाख एकड़ जमीन की सिंचाई का इरादा रखते थे। चनाब से अंग्रेजी हुकूमत ने 427 मील लंबी नहर खुदवा ली थी, जिसकी जल वितरिकाएँ 2,280 मील तक आगे नहरों में बाँटी जानी थीं और यह पूरा जल मार्ग 12,000 मीलों तक फैलाया जाना था।

नहर की खुदाई के जमाने से पहले का एक किस्सा उन दिनों अकसर सुनाया जाता था। हुकूमत का अंग्रेजी लेफ्टिनेंट गवर्नर और उसके सीनियर अफसर निर्जन उजाड़ के छितरे, विरल, झाड़ीदार जंगलों और बौने पेड़ों के बीच घूमते-घूमते यकबयक रुक गए और एक बूढ़े पंजाबी किसान को अपने पास बुलाकर पूछने लगे, वीरान इस परती पर किसान आएँगे भी या नहीं? किसान ने जवाब दिया, जनाब, मक्खियाँ मुझे यहाँ दिखाई नहीं दे रहीं, लेकिन अगर आप यहाँ गुड़ रख दोगे तो मक्खियाँ जल्दी ही यहाँ आन पहुँचेंगी और अगर जमीन पर पानी आप ला दोगे तो इधर बसने वालों की कमी नहीं पाओगे।

'नीली बाड़' के उपनिवेशिकों को हुकूमत ने तीन वर्गों में बाँट दिया था। सबसे नीचे मामूली किसान थे जिन्हें 14 से 16 एकड़ तक जमीन मुफ्त दे दी गई थी। दूसरे वर्ग में वे रिसालदार थे जिन्हें 6 से 9 रुपए प्रति एकड़ के 'नजराने' पर 111 से 139 एकड़ तक जमीन दी गई थी और सबसे ऊपर वे पूँजीदार थे जिन्हें 10 रुपए से लेकर 20 रुपए प्रति एकड़ के हिसाब से 167 से 556 एकड़ तक जमीन बेची गई थी। सभी 'सेटलरज' को दखलाकारी के 'वंशागत' और 'अरहणीय' अधिकार दिए गए थे। 'नीली बाड़' में 20 रुपए प्रति एकड़ के रेट पर ऐसे में मेरे धनाढ्य पिता की पूरे 556 एकड़ जमीन की खरीद ने उन्हें अंग्रेजों के इतने करीब ला दिया था कि उनकी सिफारिश पर जहाँ उन्होंने 1893 में भागसिंह को पूरी 16 एकड़ जमीन मुफ्त में दे दी थी, वहीं अपनी नई योजना के तहत हमें 'रिमाउंट डिपो' चलाने के लिए खास ग्रांट भी प्रदान कर दी थी। बाद में हुकूमत की तरफ से मेरे पिता को खास नस्ल वाली गाय-भैंसों के लिए भी 'चक' मिल गए थे।

सिंचाई के सहारे जल्दी ही मीलोमील फैली पीली, बंजर रेत की जगह गेहूँ, कपास और तेल के बीज बंबई और कराँची तक पहुँचाए जाने लगे थे, बल्कि गेहूँ का आयात तो साल दर साल 10 लाख टन से भी ऊपर होने लगा था। वही जमीन जो पहले 10 रुपए प्रति एकड़ पर खरीदी गई थी, नई इन कॉलोनियों में 400 रुपए प्रति एकड़ तक बिकने लगी थी। जैसे ही जमीन की कीमत बढ़ी थी, छोटे किसानों ने पैसे के लोभ में उसे या तो भागसिंह की तरह कर्जे में गिरवी रख दी थी या फिर

अपनी शराब या अफीम की लत में उसे बेचकर गर्क कर दी थी।

हाँ, अब लगभग इन सभी गाँवों में कुएँ थे, धर्मशालाएँ थीं, छायादार पेड़ थे। सफाई थी। सुविधा थी। लोगबाग अब ईंट और गारे से बड़े-बड़े मकान भी बनाने लगे थे। हम लोग बेशक अमृतसर ही के अपने इस मूल गाँव की हवेली में निवास करते थे, लेकिन उधर 'नीली बाड़' के अपने फार्म हाउस को भी जब तब विस्तार और विशिष्टता दिलाने के आशय से मिस्त्री और मजदूर वहाँ लगाए रखते थे।

नहर पर हुकूमत ने जो 2 करोड़ 60 लाख रुपए की लागत खर्च की थी, उससे सींची गई सालाना फसल उसे अब 7 करोड़, 80 लाख रुपए से भी ऊपर रुपया दिला रही थी। मतलब, उसे तीन गुना मुनाफा मिल रहा था।

"अपने लिखने के लिए यह निकम्मी पेंसिल लाए हो?" रंगरूटा के हाथ की पेंसिल ने मुझे बेआरामी से भर दिया।

ज्यादा इस्तेमाल की जाने की वजह से अब वह अपनी समूची लंबाई से एक-तिहाई से भी कम रह गई थी।

"मेरी कलम की निब बदलने वाली थी।" उसने सफाई दी।

उन दिनों फाउंटेन पेन इक्के-दुक्के लोग ही रखा करते थे। निब वाली कलम और स्याही की दवात का चलन ज्यादा था।

मैस्टिफ का स्नान लगभग पूरा हो चुका था और मैंने उसे पुकारा, "मैस्टिफ, तुम अपने एक टहलुए के साथ मेरे कमरे में जाओ और मेरी मेज से मेरा पेन-स्टैंड और नीली स्याही की दवात लिवा लाओ…।"

मैस्टिफ ने अपनी दुम हिलाई और अपने एक टहलुए की बगल में हो लिया।

दोनों हवेली के अंदर वाले हिस्से की दिशा में बढ़ लिए।

बेशक रंगरूटा भागसिंह के साथ हमारी हवेली ही की एक कोठरी में रहता था, लेकिन हमारे मकान के अंदर वह कभी दाखिल नहीं हुआ था। न ही उसने मुझसे कभी कुछ माँगा ही था। सच पूछें तो उसे कुछ देने का मुझे खयाल भी नहीं आया था। अपने गाँव से अपने खालसा कॉलेज में भागसिंह वाली बग्घी ही में आया-जाया करता, लेकिन उस बग्घी के अंदर या बाहर अपने पैर रखने तक की जगह रंगरूटे ने एक बार भी नहीं माँगी थी। न आँधी में, न पानी में। न सर्दी में, न गर्मी में। हालाँकि हमारा यह गाँव छहरटे से बारह मील की दूरी पर था। इसे इसका नाम 'बारहवाँ मील' शायद उसी फासले को ध्यान में रखकर दिया गया था और छहरटे से खालसा कॉलेज का फासला भी एक-दो मील से कम क्या रहा होगा। कॉलेज में भी वह कभी मेरे सामने नहीं पड़ता था और मुझे भी अगर वह वहाँ कभी

जाने-अनजाने दिखाई दे भी जाता तो मैं उससे साफ कन्नी काट लिया करता। यों एक-दूसरे के आमने-सामने होने के मौके बहुत ही कम रहा करते थे और उस दिन मेरे लिए यह हैरत की बात थी कि उसे मेरी सोच के मुकाबले में अपनी सोच पर ज्यादा भरोसा था, अपनी सुपुर्दगी पर ज्यादा यकीन था।

"अपनी चिट्ठी में तुम क्या लिखना चाहते हो?" मैंने पूछा।

"हुकूमत की बेदर्दी बयान करना चाहता हूँ। उसके इस 'कालोनाइजेशन बिल' की बेइंसाफी बयान करना चाहता हूँ। कैसे उसका यह बिल कुदरत के हर अकाल से, हर महामारी से, हर विपत्ति से ज्यादा जालिम है, ज्यादा घातक। पूछूँगा, किस हक से, किस तर्क से, यह हुकूमत अपनी हर नई 'सेटलमेंट' के साथ हम किसानों की जमीन का लगान बढ़ाती चली जाना चाहती है? किस हक से, किस तर्क से वह लगान के बकायादारों को ऐसी कड़ी सजा देगी? किस हक से, किस तर्क से वह यह ऐलान कर रही है कि हम किसानों की जमीन उसकी जायदाद है और हम सिर्फ उसके काश्तकार हैं, मालिक नहीं? किस हक से, किस तर्क से वह हम किसानों के वसीयत करने के हक छीन रही है? किस हक से, किस तर्क से वह हम किसानों को हुक्म दे रही है कि हमें प्रत्येक वर्ग पर कम से कम 55 पेड़ लगाने ही हैं और उसके हुक्म के बिना फिर हम उन्हें काट भी नहीं पाएँगे? किस हक से, किस तर्क से वह हमसे हमारी जमीन छीन ले जाएगी अगर हमने उस पर मकान बनाने के नक्शे उससे पहले ही से पास न करवाए? ऊपर से यह और जुल्म कि हम अपने हक के लिए किसी कोर्ट-कचहरी नहीं जा सकते···।"

उसका एक-एक सवाल मेरा दिल कचोट-कचोट गया।

जब तक मैस्टिफ मेरी कलम और स्याही लिवाया, रंगरूटे का कागज भी मेरी निगाह में उतर चुका था : रद्दी और गँवारू।

"तुम मेरे साथ अंदर मेरे कमरे में चलो।" मैंने रंगरूटे को निमंत्रण दे डाला। "वहाँ मेरी मेज पर बढ़िया कागज रखे हैं और मेरी आलमारी में बढ़िया फाउंटेन पेन। तुम्हारी यह चिट्ठी मैं लिखूँगा। अंग्रेजी में न तुम्हें रफ्तार हासिल होगी और न ही उसके लफ्जों के हिज्जों की जानकारी···।"

"आप सब ठीक जानते हो।" रंगरूटा ने मेरी तरफ पहले अपने हाथ जोड़े और फिर मेरे पैर पकड़ लिए, "उधर आपके कमरे में मेरे जाने की कोई जरूरत नहीं। चिट्ठी आप आराम से, अच्छा वक्त देखकर लिख लेना। आज शाम मेरे बापू जब आपको टहलाने के वास्ते अपनी हाजिरी देंगे तो उन्हीं के हाथ में पकड़ा देना···रात में बैठकर मैं उसे अपनी लिखाई में उतार लूँगा···।"

"मुझे हाथ मत जोड़ो, मेरे पैर मत पकड़ो।" मैं हँस पड़ा, "इबरत (चेतावनी) तुम्हारे प्रिंसिपल की, इबारत (शब्द-योजना) तुम्हारी। सिर्फ अंग्रेजी ही तो मेरी है...।"

शाम के ठीक 6 बजे भागसिंह मुझे बग्घी के पास रोज की तरह खड़ा मिला तैयार और तत्पर।

"यह चिट्ठी रंगरूटे के लिए है।" मैंने एक बंद लिफाफा उसे दिखाया, "ड्यूटी खत्म होते ही इसे मुझसे याद से ले जाना...।"

"रंगरूटा तो यहाँ नहीं है, भा'जी...।"

"कहीं गया है?"

"खुद नहीं गया। उसे पुलिस जबर्दस्ती उठा ले गई है...।"

उसी पल मैंने जाना रंगरूटा मेरे अंदर अनजाना एक बोझा छोड़ गया था, अनजानी एक आग छेड़ गया था। अभी तक मैं दौलत और उसकी ताकत ही को परमोपयोगी मानता रहा था, देश की आजादी मेरी परमाकांक्षा कभी नहीं रही थी, लेकिन देशभक्ति मेरे खून में जरूर पहले ही से मौजूद रही होगी जो अब मौका मिलते ही उछलकर बाहर निकलने को बेताब हो उठी।

अगले दिन खालसा कालेज में सभी विद्यार्थी एक ही बात कह-सुन रहे थे : तारा सिंह और उसके कई साथी जेल में बंद कर दिए गए थे।

चिट्ठी का बंद लिफाफा लेकर मैं कॉलेज की लाइब्रेरी में आन बैठा। इस मेज पर जहाँ सबसे ज्यादा विद्यार्थी बैठे थे।

लाइब्रेरियन की नजर बचाकर मैंने वह बंद लिफाफा खोला और चिट्ठी बाहर निकाल ली। फिर लिफाफे पर लिखा, इसकी नकल बनानी है बनाओगे? 'हिंदोस्तान हमारा है' के सिरनामे के साथ। मेरे सवाल के जवाब में अगर एक विद्यार्थी ने दस नकल बनाई, तो दूसरे ने बीस, तीसरे ने चालीस, चौथे ने पचास। तरजुमे में भी पाँचवें ने उसे उर्दू में लिख दिया, छठे ने पंजाबी में, सातवें ने हिंदी में। और फिर उसकी नकल बनाने के लिए और विद्यार्थी आगे आए, कई और रजिस्टरों के कागज इस्तेमाल में आए।

सभी कागज बाँट दिए गए, कॉलेज के अंदर। कॉलेज से बाहर। अमृतसर के अंदर। अमृतसर से बाहर। अपनी ताकत बढ़ाने के वास्ते। कुछ महीने पहले लायलपुर के हिंदुओं, सिखों और मुसलमानों ने मिलकर 10,000 की संख्या में जो नया गीत लहराया था, वह एक नारा बनकर गाँव-गाँव, शहर-शहर गूँज ही रहा था। पगड़ी सँभाल हो जट्टा। हर कोने, हर नुक्कड़ पर जमावड़े आयोजित किए जाने लगे थे, किन्हीं-किन्हीं में छुट्टी लेकर आए वे सैनिक भी जमा हो रहे थे जिनके परिवार

नहरों के किनारे पर बसे थे।

हुकूमत चेत गई।

सन् 1857 की 'बगावत' के तहत झेलम, मुलतान, सियालकोट, लाहौर और फिल्लौर का खूनखराबा वह भूली न थी।

याद तो हमें भी था और फिर बारंबार हमें याद कराया भी जा रहा था : किस तरह 1857 में, बाजार की बोली में, 'सरकार' के मूलधन के प्रतीक 'मोती', 'चिट्टी (सफेद) चीनी' और 'लाल मिर्च' के भाव चढ़ गए थे और 'लाल गेहूँ', 'भूरे गुड़' और 'काली मिर्च' के भाव गिर गए थे। पचास साल पहले की एक घटना यह भी रही। लाहौर की 26वीं 'नेटिव इन्फैंटरी' (मूल निवासियों की पैदल सेना) को जब 1857 की जंगे-आजादी को देखते हुए जॉन लॉरेंस के हुक्म पर निरस्त किया गया तो उसके सिपाहियों ने अपने अफसरों पर हमला बोल दिया और रावी नदी की तरफ बढ़ गए। रास्ते ही में कौंसटेबुलरी ने उनमें से 150 आदमी मार डाले। इस इन्फैंटरी के मुख्य हिस्से ने एक टापू पर आ शरण ली। जिन पर उन दिनों के अमृतसर के डिप्टी कमिश्नर, एफ० कपूर ने अपनी फौज के साथ धावा बोल दिया। अपने बचाव के लिए कुछ ने जब रावी नदी पार करने की कोशिश की तो उनमें 50 या तो डूब गए या मार डाले गए। बाकी बचे 280 सिपाहियों को कपूर अजनाला गाँव के पुलिस स्टेशन ले गया और काल-कोठरी में बंद कर दिया। दस-दस की टोलियाँ बनवाकर कपूर उन्हें गोली से उड़ा देने का इरादा रखता था। कई उसने इस तरह मरवाए भी लेकिन उनमें कुछ ने उस काल-कोठरी से बाहर आने से इनकार कर दिया।

कपूर ने रात के लिए उन्हें वहीं छोड़ दिया। अगली सुबह वे मृत पाए गए। दमघुटी से। एफ० कपूर ने अपनी किताब 'द क्राइसिस इन द पंजाब' में इसका उल्लेख ऐसे किया था, "दरवाजे खोले गए तो हम देखते क्या हैं! वे सभी तकरीबन मृत थे। अवचेतन में हौलवेल के ब्लैक होल की ट्रेजिडी दोबारा घट रही थी। रात में उनकी चीखें इसलिए नहीं सुनाई दी थीं क्योंकि थाने में घुड़सवारों की, पुलिस की, तहसील के पहरेदारों की, उतावले गाँव वालों की भीड़ का शोर हो रहा था, हंगामा हो रहा था, दंगा हो रहा था। डर, भ्रांति, थकान, गर्मी और घुटन के मारे मर चुके उन 45 आदमियों की लाशों को गाँव के सफाई मजदूरों के हाथों बाहर रोशनी में घसीटकर लाया गया और दूसरी लाशों के साथ एक साझे गड्ढे के हवाले कर दिया गया।

कलकत्ता की ब्रिटिश काउंसिल के जूनियर सदस्य, जे०जेड० हौलवेल के अनुसार सिराजुद्दौला की फौज ने फोर्ट विलियम (बंगाल की प्रेजिडेंसी) का कब्जा पा लेने के बाद 20 जून, 1756 के दिन अंग्रेज और एंग्लोइंडियन सिपाहियों और आम

नागरिकों को रात-भर एक ऐसी अँधेरी काल-कोठरी (ब्लैक होल) में बंद रहने पर मजबूर किया था कि इन 1146 कैदियों में से 123 दम घुटने से मर गए थे। बहुत से इतिहासकार हौलवेल के इस बयान को गलत बताया करते हैं। सिर्फ उसकी कल्पना की उपज।

चेतकर हुकूमत ने खबर भेजी गवर्नर जनरल लॉर्ड मिंटो, द सेकेंड (दूसरे) ने 1907 के हमारे उस किसान आंदोलन की तेजी और प्रगाढ़ता को देखते हुए 1906 के कालोनाइजेशन बिल को वीटो कर रोक दिया था। 6 जून, 1907 के अपने हाउस आव कामंज़ के भाषण में हिंदोस्तान के सेक्रेटरी आव स्टेट, मौर्ले ने सिखों का हवाला देते हुए कहा भी था कि वे हिंदोस्तान के सबसे उम्दा सिपाही थे और आंदोलनकारियों ने उनके प्रकोप को भड़काने की खास कोशिशें की थीं, जिस कारण यह आंदोलन उन्हीं जिलों ही की हद के अंदर ज्यादा तेज था जहाँ सिख जन सर्वाधिक थे।

नतीजा, मिंटो ने अब जमीन का लगान और पानी का मोल कम कर दिया। यही नहीं, ब्रिटेन के किंग एडवर्ड द सेवंथ (सातवें) के जन्मदिन को हीला बनाकर राजमाफी की तरह लाला लाजपत राय और भाई अजीत सिंह सिंधु को बर्मा की मांडेलेय जेल से रिहाई भी बख्श दी गई, जहाँ उन दोनों ने पिछले पाँच महीने कैद में काटे थे।

बाद में सन् 1928 में लाला लाजपत राय 'साइमन कमीशन' के विरोध में 'साइमन, गो बैक' के झंडों और नारों के बीच पुलिस की एक लाठी चार्ज में संगीन चोट खा जाने की वजह से वीरगति को प्राप्त हुए थे। हाँ, भाई अजीत सिंह सिंधु जरूर 15 अगस्त, 1947 की सबेर देख पाए। उसी दिन वे पूरे हुए। उनके आखिरी लफ्ज थे, 'मेरा मिशन पूरा हो गया।'

रंगरूटा?

उसे रौलट एक्ट लील गया।

गोरे शाही के खिलाफ छेड़े गए हमारे किसान आंदोलन के नतीजे ने हमारे हौसले बुलंद कर दिए थे और पूरे देश में आजादी के दीवाने तेजी से बढ़ने लगे थे।

उनके विरोध-प्रदर्शन बढ़ने लगे थे। इतनी ज्यादा संख्या में कि हुकूमत को सन् 1917 के आते-आते जस्टिस सिडनी रौलट की अगुआई में एक कमीशन बिठलाना पड़ा जिसे देश में 1907 से बराबर बढ़ रही क्रांतिकारी गतिविधियों को रोकने के लिए नए कानून बनाने थे। इंडियन क्रिमिनल लॉ अमेंडमेंट बिल और क्रिमिनल लॉ, (एमरजेंसी पावरज) बिल के नाम से फरवरी, 1919 में बिल ब्रिटिश

पार्लियामेंट में पेश किए गए और एक महीने के अंदर ही पास भी कर दिए गए। रौलट एक्ट के तहत अब देश की सभी प्रांतीय सरकारों को राजनीतिक अपराधियों की 'नजरबंदी' के सीधे हक मिल गए थे, अब उन्हें किसी जूरी या कचहरी के पास जाने की जरूरत नहीं रही।

महात्मा गांधी ने पूरे देशवासियों को इस नए कानून के विरोध में 'पूरी हड़ताल' पर चले जाने को कहा और गिरफ्तार हो गए।

रौलट का उपनाम रौला (हुल्लड़) पंजाब के कूचे-कूचे में दोहराया जाने लगा। सभी चीख रहे थे, यह कैसा कानून था? न दलील? न वकील? न अपील?

और जवाब में हमें मिला, बैसाखी के दिन जलियाँवाला बाग का कहर? और सात हफ्ते का मार्शल लॉ? ब्रिगेडियर जनरल आर०ई०एच० डायर की डाएर-आर्मी? अव्यवस्था, अंधेर और अराजकता?

कौल्विन ने अपनी किताब 'लाइफ आव जनरल डायर' में लिखा है, जनरल डायर जब जालंधर से अमृतसर के लिए रवाना हो रहा था तो अपने बेटे से बोला था, 'मुसलमान और हिंदू एक हो गए हैं⋯यह संभावना मुझे पहले से मालूम थी ⋯लंबा-चौड़ा, एक तमाशा अब घटित होने जा रहा है⋯।'

ऐतिहासिक उस बैसाखी से कुछ ही दिन पहले की बात है।

अमृतसर के हमारे दो बड़े नेताओं को उठा लिया गया था और धर्मशाला भेज दिया गया था। वे थे डॉ० सैफुद्दीन किचलू और डॉ० सत्यपाल। दोनों ही ने हिंदू-मुस्लिम एकता को और मजबूत बनाने के लिए हम सभी पंजाबियों के संयुक्त विरोध प्रदर्शन आयोजित किए थे और हमें एक नया नारा भी दिया था : हिंदू-मुसलमान की जय।

इधर उन दोनों के शहर से निर्वासन की खबर अमृतसर में फैली, उधर हम सब इकट्ठे होने लगे। अपना रोष जतलाने।

हमारी टोली भी डिप्टी कमिश्नर के बँगले की तरफ अपनी धीमी, अमन-पसंद चाल से आगे बढ़ रही थी।

एक सुलहकार समिति की जिम्मेदारी के साथ।

रंगरूटा समेत।

लेकिन उनके संग हम अभी आधे ही रास्ते पहुँचे थे कि हमारा साथ छूट गया।

पुलिस ने हमारी भीड़ को छितराने के लिए जो लाठी चलाई वह रंगरूटा के सिर ने उठाई⋯

जो गोली दागी वह रंगरूटा के सीने ने खाया⋯।

('समर लोक', जनवरी-मार्च, 2008)

शामत

नंदू मुझे कस्बापुर में मिला था। अपने तेरहवें और मेरे ग्यारहवें वर्ष में। सन् 1962 में। जब सरकारी स्कूल की अपनी अध्यापिकी की एक बदली के अंतर्गत मेरे पिता को वहाँ जाना पड़ा था। लखनऊ का अपना पुश्तैनी मकान छोड़कर। वहाँ किराए के एक मकान में रहने। उनकी जगह बदल रहे अध्यापक ही ने वह मकान हमें सुझाया था, 'यहाँ घर बैठे ट्यूशन मिलेगी। खालिस दूध मिलेगा और परिवार जैसा व्यवहार।'

वे नहीं जानते थे उनकी यह सलाह हमारे पक्ष में थी, नंदू के पक्ष में नहीं।

सच पूछें तो मेरे पिता को अपने अहाते में मकान देते ही नंदू के पिता, चौधरी छत्रपाल ने जैसे ही नंदू की ट्यूशन उन्हें सौंपी थी, नंदू की मुश्किल उसी दिन से शुरू हुई थी।

कारण, पढ़ाई में नंदू की रुचि शून्य थी। उसे केवल तीन चीजें भाती थीं : कंचे, पतंग और फिल्म। और उधर पहले वाले अध्यापक के ठीक विपरीत मेरे पिता घोर अनुशासनप्रिय थे। बात के पक्के। समय के पक्के। ट्यूशन के समय नंदू उनके पास आने में देरी करता तो वे तत्काल चौधरी छत्रपाल के पास जा शिकायत करते, 'नंदू का पता लगाइए। मेरे पास अभी तक पहुँचा नहीं'''

और चौधरी अपने अहाते के सभी बच्चों को उसका पता लगाने के लिए दौड़ा देते। बेटे की पढ़ाई में उनकी गहरी दिलचस्पी थी। सनक की सीमा लाँघती हुई।

•

सन् 1963 की उस फरवरी के दिन नंदू के पिता दूध के नए कनस्तर खरीदकर रिक्शे से उतर रहे थे जब मेरे पिता उनके पास लपक लिए, "नंदू ने आज मुझे पहाड़े सुनाने थे और वह गायब है'''"

"दिखवाता हूँ, अभी दिखवाता हूँ," चौधरी छत्रपाल ने ड्योढ़ी में घूम रहे कुछ बच्चों को संकेत से अपने पास बुला लिया और बोले, "नंदू को खोजकर लाओ'''"

कुछ लड़के आँगन को छान डालने चल दिए तो कुछ दुकानों में उसे ढूँढ़ निकालने तो कुछ ऊपर की मंजिल की छत से उसे नीचे उतारने।

अहाता चार भाग में बँटा था। एक भाग में यह ड्योढ़ी थी जहाँ उनकी तीन गाय और दो भैंसें रहती थीं। जिनका दूध वे बेचते थे।

ड्योढ़ी पीछे एक आँगन में जा खुलती थी जिसमें छिटपुट कमरे थे। टूटे-फूटे और बेतरतीब। दीन और दरिद्र लोगों के लिए।

ड्योढ़ी के सामने वाले भाग में दोनों तरफ दो-दो दुकानें थीं। ठोस और मजबूत। किराए पर उठी हुईं।

दुकानों के दोनों सिरों पर सीढ़ियाँ थीं जो ऊपर खड़ी की गई मंजिल पर ले जाती थीं—एक सोपान-पंक्ति मंजिल के एक हिस्से में और दूसरी दूसरे हिस्से में। एक हिस्सा किराएदार का और दूसरा चौधरी छत्रपाल का।

"नंदू तो फिल्म देखने गया है," तभी एक लड़का दौड़ता हुआ आया और बोला, "जंगली।"

वह फिल्म उसी दिन कस्बापुर में दोबारा रिलीज हुई थी। उसके प्रचार में उसके रंगीन होने पर तो बल दिया ही जा रहा था, साथ में उसका एक गाना भी बार-बार सुनने को मिल रहा था। गली-गली। मुहल्ले-मुहल्ले। लाउडस्पीकर पर 'चाहे कोई मुझे जंगली कहे, कहता है तो कहता रहे...'

उस फिल्म को देखने की मेरे अंदर भी तीखी चाहना थी। एक असंभव चाहना। मेरे पिता भी चौधरी छत्रपाल की तरह बच्चों के फिल्म देखने के घोर विरोधी थे। सच पूछें तो मैंने अपनी पहली फिल्म, सन् 1967 में देखी : 'तूफान और दीया'। घटे दरों पर। पहले रिलीज हो चुकी फिल्म होने के कारण। राखी के त्योहार पर, अपने पिता और माँ और तीन बहनों की तीन राखियों के साथ।

"जंगली?" फिल्म का नाम सुनते ही रिक्शे का भाड़ा दे रहे चौधरी ने अपने हाथ रोक लिए।

"कहाँ लगी है?" ताव खाकर वे उसी खाली रिक्शे में सवार हो गए।

"रियाल्टो टाकीज," खीसें निकाल रहे उन लड़कों के साथ मैं भी चिल्ला पड़ा।

हम सब जानते थे नंदू के सिर पर शामत खेल रही थी।

पहले भी जब नंदू अहाते के अंदर तत्काल अपने पिता को नहीं मिलता था तो बाद में उसके प्रकट होते ही वे उसकी पिटाई शुरू कर देते।

खुल्लमखुल्ला। खुलकर। कभी हाथ से तो कभी लाठी से, तो कभी लात से।

असल में उसकी पिटाई का अनुपात वे उसकी अनुपस्थिति की अवधि और प्रकृति से तय किया करते। सबसे कड़ा दंड उसे फिल्म देखने पर देते।

कभी उसके मुँह में गोबर भरकर, कभी अपनी थूक चटाकर।

'फिल्म देखता है?' 'फिल्म देखेगा?' वे क्रोधोन्मत्त होकर चिल्लाते और दर्शकों की एक भारी भीड़ जमा हो जाती।

मुफ्त का तमाशा देखना किसे न भाता?

इधर चौधरी की रिक्शा ओझल हुई, उधर सबकी अटकलबाजी शुरू हो गई।

रियाल्टो टाकीज के अंदर नंदू को गेटकीपर खोजेगा? या चौधरी छत्रपाल?

नंदू को पहले डाँट पिलाई जाएगी? या सीधी पिटाई शुरू हो जाएगी?

उधर रियाल्टो टाकीज ही में? अजनबियों के सम्मुख?

या रिक्शे में पहुँचने पर? चलती सड़क के बीच?

या फिर इधर ड्योढ़ी में रिक्शे से उतरने पर? अपने लोगों के सामने?

जैसे ही कोई अटकल हवा में उछलती कुछ लड़के साथ ही में उछल पड़ते। कुछ जोश में आकर आपस में गले मिलकर झूलने लगते तो कुछ ताली बजाने।

गाय-भैंसों के दोहन के समय तक भी जब नंदू और उसके पिता नहीं लौटे तो ग्वालों ने हमें ड्योढ़ी छोड़ने को बोला।

दूध केवल गाहकों के सामने या अकेले में दुहा जाता था। हम लोगों के सामने नहीं।

यह अलग बात थी कि कुछ ही महीने पहले तक जहाँ दोहन के दोनों वक्त गाहक उनकी ड्योढ़ी में समय से पहले ही आ जमा होते थे, अब ड्योढ़ी में गाहकों की बजाय दूध जमा होने लगा था। नए, पेस्चराइज्ड, बोतलबंद, सरकारी दूध के शहर में आ जाने से। ऐसे में चौधरी उस जमा दूध को कनस्तरों में भरकर अपने ग्वालों के हाथ दूर-नजदीक के हलवाइयों के पास औने-पौने दाम पर बेचने लगे थे।

हमारा समूह अब तितर-बितर होने पर मजबूर था।

हममें से कुछ लड़के मुहल्ले की नुक्कड़ पर जा खड़े हुए तो कुछ अपनी बाट पर निकल लिए। अपनी-अपनी ताक और आशंका के संग।

मैंने अपने कदम घर की ओर ही बढ़ाए।

घर पर मेरे पिता अपनी मेज पर अपनी एक किताब के साथ सिर झुकाए बैठे थे।

"नीचे इतनी देर क्यों लगा दी?" मुझे देखते ही वे चिल्लाए।

चौधरी छत्रपाल की तरह मेरे पिता भी बहुत गुस्सैल थे मगर वे उनकी तरह हट्टे-कट्टे नहीं थे, क्षीणकाय थे और शायद इसीलिए अपने गुस्से को प्रकट करने के

लिए अपने हाथ-पाँव से ज्यादा अपनी जुबान इस्तेमाल किया करते। गाली-गुफ्तार के साथ।

"नंदू अभी तक नहीं लौटा," मैंने कहा, "न ही उसके पिता ही अभी लौटे हैं…"

उनके विरुद्ध मेरे अंदर खूब रोष जमा हो गया था।

जब नंदू नहीं चाहता वे उसकी बाग अपने हाथ में खींचकर रखें तो वे उसे ढीली क्यों नहीं छोड़ सकते?

अपनी पढ़ाई का रोब सब पर बिठाएँगे?

"कपूत को आफत का परकाला यों ही नहीं कहा जाता," मेरे पिता फिर चिल्लाए, "अपने सिर भी आफत मोल लेते हैं और बाप के सिर पर भी आफत लाते हैं…"

"किशोर," तभी बगल वाली खिड़की से नंदू की चौथे नंबर की बहन ने मुझे आवाज दी। नंदू अपने पिता का इकलौता पुत्र था। और छह बहनों का अकेला भाई। उसकी सबसे बड़ी दो बहनों की शादी हो चुकी थी और वे अपनी-अपनी ससुराल में थीं।

"जी, जीजी," मैंने अपना सिर अपनी खिड़की से बाहर निकाला।

हम दोनों परिवार इन खिड़कियों के माध्यम से एक-दूसरे का हाल अकसर पूछा करते, सुना करते। अपने दोनों पिता-जन को छोड़कर।

"अब तो फिल्म का अगला शो भी शुरू हो गया होगा? क्यों?"

"आप लोग कहें तो मैं नीचे दुकानों में से किसी को बोल दूँ, उधर रियाल्टो टाकीज जाकर पूछ आए, देख आए।" मेरे पिता भी खिड़की में आन खड़े हुए।

"हम तो सोचती हैं, चाचा जी, आप ही चले जाते तो ज्यादा ठीक था…"

"अब इस अँधेरे में मैं क्या देख पाऊँगा?" मेरे पिता घर से बाहर निकलने से कतराया करते; वह भी किसी दूसरे के काम से, "नीचे ही किसी से पूछता हूँ…"

"वह तो हमीं पूछ लेंगी," चौथे नंबर वाली वह बहन झल्लाई।

"ठीक है।" मेरे पिता खिड़की से अलग छिटक लिए।

अपनी मेज पर लौटने के वास्ते।

अगले ही दिन पूरे शहर ने जान लिया नंदू लापता था। शहर की दीवारों पर जगह-जगह उसकी फोटो के इश्तिहारों के जरिए, रेडियो पर ब्रॉडकास्ट किए जा रहे उसके हुलिए के जरिए, अखबारों में छप रहे उसके नाम-पते के जरिए।

सभी में उसे घर पहुँचाने वाले को 500 रु० नकद देने का प्रलोभन दिया गया था, जो उस जमाने में एक बहुत बड़ी रकम मानी जाती थी। साथ में नंदू के नाम एक अपील भी रखी जाती थी :

"गोपालनंदन, फौरन घर चले आओ। तुम्हें कोई कुछ नहीं कहेगा। तुम्हारी माँ और जीजी सभी ने निर्जल उपवास रखा है। सभी की हालत नाजुक है।"

इस घोर हड़बड़ी और दौड़-धूप के बीच जिस चीज ने हम लोगों को सबसे ज्यादा बेचैन किया, वह थी अहाते वालों की हमारे प्रति बदली नजर।

कोई भी हमारी किसी भी बात का जवाब न देता, बल्कि हमें देखते ही लोग अपना मुँह फेरने लगते। नंदू के परिवारजन समेत।

नंदू के लापता होने के लिए वे सभी चौधरी छत्रपाल के गुस्से से ज्यादा मेरे पिता की शिकायत को जिम्मेदार ठहरा रहे थे।

उस महीने के पूरे होते ही मेरे पिता ने वह मकान छोड़ दिया। मार्च शुरू होते ही दूर के एक इलाके में एक दूसरा मकान किराए पर ले लिया।

कस्बापुर से अपनी बदली वापस लखनऊ करवाने में उन्हें दो साल और लग गए।

जब तक नंदू अहाते नहीं लौटा था। उसकी माँ स्वर्ग सिधार चुकी थी।

चौथे नंबर वाली बहन अपना स्कूल छोड़कर घर देखने-सँभालने लगी थी और चौधरी छत्रपाल के दूध के कारोबार की घटती और बढ़ गई थी।

('आजकल', नवंबर, 2009)

ऊटक नाटक

विनती हाथ बाँधकर फिर हमारे सामने खड़ी थी, "सर जी, मेम साहब जी, बिट्टो शादी करना चाहती है..."

"रुपया चाहिए?" मेरे पति मुस्कराए। हालाँकि चौंकने के साथ-साथ मैं थोड़ी सिटपिटाई भी। हमारी तीनों बेटियों में से किसी ने भी अभी विवाह की उतावली नहीं दिखाई है और हमें भी कोई जल्दी नहीं है।

"नहीं, सर जी। रिश्तेदारी चाहिए। लड़का बिट्टो को बहुत चाहता है। बहुत भला है। दहेज की एक्को माँग नहीं। सिर्फ रिश्तेदारी चाहिए..."

"फिर क्या मुश्किल है?" मैंने पूछा।

"उसे बिट्टो ने हमें आपकी मौसेरी बहन बता डाला है। यह नहीं बताया हम यहाँ नौकरानी हैं..."

"तुम नौकरानी कहाँ हो?" मैं हँस पड़ी, "मेरी बहन ही तो हो। अभी तुम्हारी बेबी-लोग को फोन लगाती हूँ, तुम्हें तुम्हारा नाम लेने की बजाय 'मौसी' बुलाया करें..."

"तुम्हें इसके बारे में दोबारा सोच लेना चाहिए," मेरे पति ने मुझे टोक दिया, "रिश्तेदारी तानना एक बहुत बड़ी जिम्मेदारी का काम है..."

"ठीक है, सोमा, तुम अपना काम देखो," दूसरों के सामने मैं अपने पति के साथ कभी बहस नहीं करती, "जब तक मैं सोचती हूँ..."

विनती मेरे पति के दफ्तर के चपरासी, चुन्नी की बहन थी। तेईस वर्ष पहले की आकस्मिक परिस्थितियाँ उस माँ-बेटी को हमारे घर लाई थीं। बेटी उस समय कुल जमा पाँच साल की थी और माँ को विधवा हुए अभी कुछ ही माह हुए थे और वह नौकरी तलाश रही थी। इधर अपनी तीसरी बेटी सारंग के स्कूल में दाखिल होते ही मैंने भी एक स्कूल में अध्यापन पकड़ लिया था। मेरे स्कूल के घंटे लंबे थे। सुबह सात बजे से दोपहर ढाई बजे तक। जबकि मेरी बेटियों का स्कूल नौ से एक का रहा। ऐसे में मुझे एक आया की सख्त जरूरत थी जो उन्हें दोपहर का खाना एक

माँ की तरह खिला सके, उनके स्कूल टिफिन कर्तव्यनिष्ठा से तैयार कर सके।

विनती का नाम सोमा था और बेटी का शशिबाला। मगर हम माँ-बेटियाँ अपनी निजी बातचीत में उसे 'विनती' ही कहा करतीं और उसकी बेटी को 'गूज़'।

उसके पास हर समय कोई न कोई 'विनती' तैयार रहा करती और बेटी के पास कोई न कोई बेतुकी हरकत या माँग। हर किसी चीज को नापने-जोखने और फिर छूने की बेटी को बुरी आदत थी, मगर उसकी उम्र और कुतूहल को देखते हुए हम उसे रोकती नहीं थीं। कई कीमती चीजें उसके हाथ से छूटकर गिरीं और टूटीं भी। तिस पर तुर्रा यह कि वह कोई भी जिद पकड़ लेती, 'मैं भी दीदी लोग की तरह ब्रेड लूँगी, आमलेट लूँगी', या फिर 'मैं भी दीदी लोग की तरह अपने बाल कटवाऊँगी और उनके स्कूल में पढ़ूँगी…' कभी उसकी हम मानतीं तो कभी हम माँ-बेटियाँ हँसतीं और उसे 'गूज़' समझकर टाल जातीं। 'गूज़' की हिंदी, 'हंसिका' में अंग्रेजी शब्द 'गूज़' के छिपे संकेत नहीं। अंग्रेजी जानने वाले 'गूज़' शब्द के साथ मूर्खता और बेतुकापन जो ला जोड़ते हैं। बेशक 'गूज़', हंसिका हिंदी में भी हंस और बत्तख की बिचली है : ऊँची, दबी हुई चोंच और दो पेट वाली, जिसकी टाँगें बत्तख की तुलना में छोटी होती हैं और गरदन उससे ज्यादा भारी, ज्यादा लंबी।

यहाँ काम शुरू करने के अगले ही माह विनती अपनी बेटी की जिद मेरे सामने दोहराने लगी, 'हमारी बिट्टो को भी बेबी-लोग के स्कूल' में भरती करवा दीजिए…

मुझे उस पर हँसी भी आई और दया भी। उसे यह बताना असंभव था कि उस स्कूल की फीस और उसकी बस का किराया उसके बूते के बाहर की बात थी। सो मैंने कह दिया, "वहाँ दाखिला सिर्फ तीन साल की बच्ची को मिला करता है। इसीलिए तो सारंग को इतनी छोटी उम्र में वहाँ भेजना पड़ रहा है…"

"तो किसी और स्कूल में दाखिल करवा दीजिए। आप वाला कैसा रहेगा? वहाँ तो इसे आने-जाने की मौज भी रहेगी। आपकी रिक्शा के एक कोने में बैठ लेगी और स्कूल के गेट से पहले उतर जाएगी…"

मेरा स्कूल सरकारी था और उसमें फीस भी बहुत मामूली थी। मैंने सोचा, क्यों नहीं? बेटी को आगे पढ़ाते रहने की लालसा में माँ हमारा काम छोड़ेंगी नहीं और मेरे घर की रसोईदारी और मेरी बेटियों की रखवाली बढ़िया चलती रहेगी।

"ठीक है, कल कोशिश करती हूँ…"

और बेटी को वहाँ दाखिला मिलते ही विनती उसे माहवार लगवाई मेरी रिक्शा में मेरे बैठने से पहले ही बिठलाने लगी।

उसकी पाँचवीं जमात तक।

फिर विनती बोली, "मेम साहब जी, हमारी बिट्टो अब बड़ी हो गई है। उसे आपके साथ बैठते हुए अब शर्म लगती है। मालश्री बेबी की साइकिल अगर उसे इस्तेमाल करने को मिल जाती…"

मालश्री हमारी मझली बेटी है। उससे बड़ी का नाम गौरी है और छोटी का, सारंग। मेरे पति को संगीत का अच्छा शौक है और दुर्गा रागिनी को ध्यान में रखकर उन्होंने बेटियों को ये नाम दे रखे हैं। संगीत-प्रेमी जानते हैं दुर्गा रागिनी गौरी, मालश्री, सारंग और लीलावती के योग से बनती है।

फिर जैसे ही मेरे स्कूल से 'गूज़' का इंटरमीडिएट खत्म हुआ और उसे मैंने नर्सिंग का कोर्स करने की सलाह दी तो विनती ने फिर अपने हाथ बाँध लिए, "मेम साहब जी, हमारी बिट्टो अपने मन में मालश्री बेबी का नक्शा उकेरे है। उन्हीं के नक्शे-कदम पर चलना चाहती है। उन्हीं के कॉलेज से बी०ए० करेगी…"

मालश्री को शुरू से ही गौरी और सारंग की तरह विज्ञान विषयों में रुचि नहीं थी और उन दिनों वह सीधे-सीधे बी०ए० के बाद भूगोल में एम०ए० कर रही थी जबकि गौरी देहली वाले अपने मेडिकल कॉलेज से अपनी एम०डी० और सारंग कानपुर की आई०आई०टी० से इंजीनियरिंग का पहला साल।

इंटरमीडिएट में 'गूज़' ने अच्छे, ऊँचे अंक तो प्राप्त किए ही थे, साथ में उसने छात्रवृत्ति भी जीती थी, और फिर मालश्री के इस स्थानीय कॉलेज की फीस भी कुछ ज्यादा नहीं थी, सो हमें क्या आपत्ति हो सकती थी?

फिर बी०ए० के बाद 'गूज़' ने भूगोल ही की एम०ए० में दाखिला ले लिया "मैं भी मालश्री दीदी की तरह एम०ए० के बाद आई०ए०एस० में बैठूँगी।"

इस बीच मालश्री अपने पहले ही प्रयास में सन् 2005 की आई०ए०एस० में चुन ली गई थी और पांडिचेरी में अपनी तैनाती भी पा ली थी। बल्कि तीनों बहनों में से वही सबसे पहले अपनी जीवन-वृत्ति में पहुँची। गौरी को अपने अस्पताल में नौकरी अगले साल मिली और सारंग को अपनी आई०ए०एस० के मैनेजमेंट कोर्स के बाद इसी साल 2008 में, मुंबई शहर में।

इधर इसी साल 'गूज़' भी आई०ए०एस० की प्रवेश परीक्षा में दो बार लगातार असफल हो जाने के बाद प्रादेशिक प्रशासनिक सेवा में स्थान पाई और हमारे ही लखनऊ में अपनी तैनाती भी। राजस्व विभाग में।

बेशक उसे लखनऊ शहर मेरे पति ने दिलाया। उसकी माँ की विनती पर, "साहब जी, हमारी बिट्टो को हमसे दूर मत जाने दीजिएगा। हम उसके बिना रह नहीं पाएँगी और इधर आपकी सेवा हम मरते दम तक छोड़ना नहीं चाहतीं…"

अगले दिन अवसर मिलते ही विनती ने हम पति-पत्नी को फिर आन घेरा, “बिट्टो कहती है, आंटी जी, अंकल जी को लड़के को कुछ नहीं देना-दिलाना, उसे कुछ नहीं बताना-सुनाना। बस, अगर कभी वह रिश्तेदारी में उन्हें पूरा मान-सम्मान देने में चूक जाए तो उसे माफ कर देना है···”

“लड़का करता क्या है?” मेरे पति ने पूछा।

“बिट्टो के साथ दफ्तर में है। उसी के बैच का। राजस्व सेवा में। उसका परिवार दूसरे प्रदेश में रहता है। उन्हें वह शादी पर बुला नहीं रहा। यहीं कचहरी में अपने दोस्तों की संगति में शादी करेगा। बिट्टो कहती है हम लोग भी इधर अपने परिवार में से किसी को न बुलावेंगे। कहीं भेद खुल गया तो!”

“भेद कभी तो खुलेगा ही···” मेरे पति ने उसे चेताया।

“खुलेगा भी तो शादी के बाद ही तो! बिट्टो कहती है, वह अभी ही उसे इतना चाहता है तो शादी के बाद तो दोगुना, चौगुना चाहने लगेगा, जब वह उसके हाथ में अपनी पूरी की पूरी तनख्वाह हर महीने थमा दिया करेगी।”

‘इस माँ की हिम्मत के सामने क्या मैं इतना हौसला नहीं रख सकती जो मैं इसे अपना बहनापा दे सकूँ?’ अंग्रेजी में मैंने अपने पति को अपना प्रतिवाद वापस लेने का निवेदन किया। अंग्रेजी ही की एक पुरानी कहावत के साथ, ‘ईवन अ किंग हैज पुअर रैलेटिवज’। (एक राजा के भी संबंधी गरीब हुआ करते हैं।) साथ ही चुन्नीलाल की सेवा का उल्लेख भी किया जो संयोगवश अब फिर उनके विभाग में आ तैनात हुआ था और उनका स्नेहपात्र था।

“रास्ता तो यह जोखिम ही का है···”

“वह मुझे अपनी मौसेरी बहन बना रही है, आपको मौसेरा भाई नहीं। और बहनों की किस्मत तो उनकी शादियों के बाद ही बनती-बिगड़ती है। क्यों नहीं हो सकता एक बहन ने गलत शादी की और फिर बुरे वक्त से घिर गई?” अंग्रेजी में मैंने अपनी बात पर फिर जोर दिया, “और वह लड़का कौन मेरी माँ या इसकी माँ को मिलने जा रहा है?”

“मैं तो यही समझता हूँ तुम्हें इस माँ-बेटी के झूठ में शामिल नहीं होना चाहिए। तुम जानती हो मैं झूठ के विरुद्ध हूँ, दया और सहानुभूति के नहीं। नैतिक स्तर पर भी और व्यावहारिक स्तर पर भी। दूसरे को भ्रम में रखना अपने को असुरक्षित करना है। जब यह झूठ उस पर प्रकट होगा तो इसके परिणाम भयंकर हो सकते हैं···”

“मैं तुमसे बाद में बात करती हूँ, सोमा,” विनती को मैंने दोबारा टाल तो दिया

मगर उसी समय मैंने गौरी को फोन लगाया और उसे सब कह सुनाया, इस आग्रह के साथ कि वह अपने पापा को विनती की सेवाओं का हवाला देकर मना ले। मैं जानती थी, गौरी की बात टालना इनके लिए मुश्किल होगा।

और मेरे पति ने मुझे अपना समर्थन दे डाला।

इस नई रिश्तेदारी ने अपनी आया के प्रति मेरा दृष्टिकोण बदल दिया, मेरा व्यवहार बदल दिया। उसे दिया अपना नाम 'विनती' भी मैंने वापस ले लिया। अब वह मेरे लिए साहस की प्रतिमूर्ति थी, ममता का प्रतिमान। जिसके मन में एक ही ललक रहा करती, मुझे अपनी बिट्टो का हर सपना साकार करना है।

हाँ, उसकी बेटी जरूर मेरे लिए 'गूज़' की 'गूज़' ही रही।

समस्या उसके विवाह के बाद खड़ी हुई।

जब सोमा के दामाद, हेमंत ने मेरे पति के पद का लाभ उठाते हुए अपनी तैनाती उन्हीं के दफ्तर में करवा ली और पुलिस के हाथों रिश्वत लेता हुआ रँगे हाथों पकड़ा गया। विडंबना अब यह घटी कि उसके अपराध और दंड का माप निर्धारित करने का शासकीय निर्देश मेरे पति ही को मिला।

अपनी बेटी की नियोक्ता के रूप में वह फिर अपनी अभ्यर्थना मेरे पति के पास लिवा लाई, "हिए के अंधे ने बिट्टो का साँस रोक रखा है। कहता है, तभी साँस छोड़ना जब तेरे मौसा अपनी रिपोर्ट में मुझे इस अभियोग से छुटकारा दिलाएँ…"

किंतु इस बार मेरे पति ने साफ सिर हिला दिया, "जो काम मुझे सौंपा गया है उसे पूरी जिम्मेदारी से निभाना मेरा धर्म है। अपने शासनपत्र में सच सामने लाना मेरा कर्तव्य है। यहाँ कोई तरफदारी नहीं चल सकती।"

शासन में जिस सत्यवादिता तथा न्यायप्रियता की धाक और धज उपार्जित करने में मेरे पति ने अपनी प्रशासनिक सेवा के पिछले पूरे तैंतीस वर्ष लगा रखे हैं, उसे बनाए रखना उन्हें अनिवार्य लगता है।

सोमा ने अपने हाथ फिर बाँध लिए, "इस बार उसे बचा लीजिए, साहब जी। हमारी बिट्टो की खातिर उसे बचा लीजिए। वह हमारी पूरी जिंदगी की पूँजी है, कमाई है…"

"देखता हूँ," मेरे पति ने उसे टाल दिया।

जाँच में हेमंत निर्दोष नहीं पाया गया और उसे निरपराध ठहराना मेरे पति के लिए असंभव रहा।

उनकी रिपोर्ट जैसे ही सार्वजनिक हुई तो हेमंत उनके दफ्तर के अंदर जा

पहुँचा, "मैं सब जान गया हूँ। आपने मेरी रिपोर्ट क्यों बिगाड़ी है?"

"क्यों बिगाड़ी है?"

"क्योंकि आप हमारी मौसी को नीचा दिखाना चाहते हैं। उनके मायके वालों को नीचा दिखाना चाहते हैं..."

"आप क्या कह रहे हैं?" चुन्नीलाल उस समय मेरे पति के पास उपस्थित था।

हेमंत ने झन्न से उसके गाल पर एक तमाचा जड़ दिया, "हट, बड़े लोगों के बीच आएगा? मैं तुझसे बात नहीं कर रहा, अपने मौसिया ससुर से बात कर रहा हूँ..."

चुन्नीलाल ताव खा गया, "पहले अपने ममेरे ससुर से तो समझ ले..."

हेमंत ने उसे दूसरा तमाचा जड़ दिया, "क्या बक रहा है?"

अप्रतिभ होकर मेरे पति ने अपनी मेज की घंटी खड़का दी।

उनके निजी सचिव तत्काल अंदर लपक लिए, "यस, सर..."

"इन दोनों को बाहर जाने के लिए बोलो। इधर मुझे अपनी एक जरूरी फाइल अभी निपटानी है..."

"यस सर..."

"आप मुझे एक टुच्चे आदमी के साथ एक ही ब्रैकेट में नहीं रख सकते, अंकल," हेमंत चिल्लाया, "मैं आपका दामाद हूँ..."

"तू साहब लोग का नहीं, हम लोग का दामाद है," चुन्नीलाल फूट पड़ा, "सोमादेई मेरी बहन है, इनकी मेमसाहब की नहीं..."

"क्या यह सच है?" हेमंत के चेहरे पर हवाइयाँ उड़ने लगीं।

"मुझसे पूछ," चुन्नीलाल ने उसे बाँह से घसीटकर दफ्तर के बाहर ले जाना चाहा, "मुझसे..."

"क्यों?" हेमंत चीखने लगा, "इस युधिष्ठिर से क्यों न पूछूँ? दूसरों के लिए : सत्य की विजय हो। वे भूल करें तो उनकी खाल खींच लो। और अपने लिए : झूठ का छींटा चलने दो। स्वार्थ के लिए आदमी गधे को बाप बता देता है और ये माँ-बेटी तो फिर आदमी-जात हैं। इनकी सेवा-टहल हमें चाहिए ही चाहिए। सो, आप इनके मौसा हैं? हाँ, हैं। अश्वत्थामा मर गया? हाँ, मर गया..."

शोरगुल सुनकर कुछ जिज्ञासु कर्मचारी दफ्तर के बाहर आ जमा हुए।

उनकी उपस्थिति की भनक लगते ही मेरे पति अपनी कुर्सी से उठ खड़े हुए और बाहर चले आए।

उन्हें देखते ही कर्मचारी छितर गए किंतु हेमंत जरूर उनके पीछे चला आया।

"चुन्नीलाल," मेरे पति ने कड़े स्वर में पुकारा, "अब कोई हल्ला नहीं···"

"यस सर···"

दनदनाता हुआ हेमंत अब पत्नी के दफ्तर जा धमका।

वहाँ उसने ऐसा हंगामा खड़ा किया कि 'गूज़' का अपने डेस्क पर बैठे रहना दूभर हो गया और वह वहाँ से उठकर घर चली आई।

घर पहुँचते ही उसने अपने गले में फाँसी दे डाली।

बेशक आज सोमा सूचना-तंत्र के सामने बेटी की आत्महत्या का कारण दामाद का दुर्व्यवहार बता रही है किंतु एक कारण नियत्से के एक कथन का हवाला देकर मेरे पति मुझे भी मान रहे हैं : ऑल ट्रुथ्स दैट आर केप्ट सायलेंट बिकम पौएजनस ···(अबोले सभी सच विषैले बन जाया करते हैं।)

('शब्दयोग' स्त्री-विशेषांक, मार्च, 2009)

तल-घर

"पुत्तू को लौटाना पड़ेगा," उस दोपहर डॉ० बृजलाल बिस्तर पर ऊँघने जा रहे थे जब उनकी पत्नी, कमला, ने आन घोषणा की, "उसके हाथ में आज सुबह मैंने अपनी अलमारी की चाभी देखी···"

उसने पति को बताया नहीं, उसने पुत्तू को अलमारी की तिजोरी में रखी अपनी डायरी के साथ उसे रँगे हाथों पकड़ा था। पति से ज्यादा बात करने में उसे संकोच रहता।

"चाभी सँभालने की जिम्मेदारी किसकी है?" डॉ० बृजलाल ने पत्नी को घेरा।

"जिम्मेदारी तो मेरी ही है," कमला ने तुरंत अपना दोष स्वीकार कर लिया। हमेशा की तरह।

"फिर उसके हाथ में चाभी कैसे चली गई?" पति झल्लाए।

"सुबह मैं अभी नहाकर निकली ही थी कि पुत्तू ने आन बताया, बगल वाली कविता बैठक में देर से बैठी है, सो उसे मिलने की जल्दी में मैं चाभी अपनी साड़ी में टाँगना भूल गई···"

उस चाभी को लेकर कमला सचमुच ही सतर्क रहती थी। अव्वल तो अलमारी जब भी खोलती अकेले में खोलती और फिर प्रयोजन खत्म होते ही उसे तत्काल बंद कर देती। उसे कभी खुली नहीं छोड़ती।

"अलमारी से कुछ गया तो नहीं?" डॉ० बृजलाल सशंकित हो गए।

कमला के कई आभूषण उस अलमारी की तिजोरी में बंद थे।

"नहीं, गया तो कुछ नहीं, मगर पुत्तू के हाथ में चाभी का रहना ठीक बात नहीं। उसे तो लौटाना ही पड़ेगा। आप बाबूजी को फोन मिला दीजिए···"

पुत्तू को कमला के पिता अपने गाँव से इधर लाए थे। नौ वर्ष पूर्व। एक जर्सी गाय के साथ—'यह लड़का है तो अभी तेरह ही बरस का लेकिन वह इस जर्सी को अच्छा सँभाल लेगा। साथ ही घर के काम-काज में हमारी कम्मो का हाथ भी बँटा दिया करेगा···' अवसर था, कमला और डॉ० बृजलाल को पुत्र-प्राप्ति। संतान के लिए की गई समूचे परिवार की बारह वर्षों की अथक प्रार्थनाओं के फलस्वरूप।

"और उसके बाप ने जो हमसे उधार ले रखा है?" डॉ० बृजलाल खीज गए।

कमला ने पुत्तू के पिता को पिछले वर्ष उनसे पंद्रह हजार रुपया एडवांस के रूप में दिलाया था। बचपन में ब्याह दिए गए पुत्तू की ब्याहता के गौने की तैयारी हेतु उसके पिता उधर गाँव के अपने घर में एक नई कोठरी बनवाना चाह रहे थे।

"उसमें से अब तीन हजार ही बचा रह गया है..."

"उसे भी पूरा हो जाने दो," डॉ० बृजलाल ने जम्हाई ली।

"और अगर मैं बाबूजी से बोलूँ पुत्तू के उधार का बकाया उधर उसके पिता से वसूल लाएँ?" कमला ने चिरौरी की। पुत्तू से वह छुटकारा पाना चाहती थी। तत्काल।

"इस समय मैं सोऊँगा," डॉ० बृजलाल ने दूसरी जम्हाई ली। दोपहर के भोजन के बाद वे डेढ़ घंटा जरूर आराम किया करते। शाम की चाय के बाद पाँच बजे उन्हें अपने निजी क्लीनिक पर फिर जाना होता।

"और बाबूजी को फोन कब करेंगे?"

"चाय के समय...."

"ठीक है," कमला अपने पिता से दोपहर के इस एकांत में बात करना चाहती थी किंतु पति के दबाव डालने से वह हिचकिचा गई। अपना रोष अंदर दबाती हुई। यह अनुशासन उसने अपनी माँ से सीखा था। जो कहा करतीं, पति के सामने अपना रोष अपने भीतरी तल में दबाकर रखना चाहिए। यह बात अलग है कि अपने अंतिम वर्षों में वे अवसाद की शिकार हो गई थीं। और फिर चौंतीस वर्ष की अल्पायु में स्वर्ग भी सिधार गई थीं। कमला उस समय कुल जमा सोलह वर्ष की थी किंतु उसे याद है उनकी मृत्यु पर उसके पिता फूट-फूटकर रोए थे, 'धरती से ज्यादा धीरज यदि किसी में देखा तो इस देवी में देखा।' उनके प्रति उसके पिता की श्रद्धा देखते ही बनती थी। अकेली पड़ गई, इकलौती उनकी कमला का वास्ता देकर उनके सगे-संबंधियों ने उनका दूसरा विवाह करवाने के लाख प्रयास किए थे किंतु वे नहीं माने थे। कमला को, जरूर, उन्होंने अगले ही वर्ष ब्याह दिया था और वह इधर चली आई थी।

"अब फोन करें?" चार बजे जब पति चाय के लिए घर की लॉबी में आए तो कमला ने चर्चा चलाई।

"मेरे जूते लाओ, पुत्तू," पत्नी की बात अनसुनी कर डॉ० बृजलाल ने पुत्तू को आवाज दी।

दुर्भेद्य उसके पति कई बार कमला की इच्छा के विरुद्ध जाकर ठीक विपरीत

व्यवहार करने लग जाते।

"जी, मालिक," रोज की तरह उस दिन भी पुत्तू ने डॉ० बृजलाल के जूते चमका रखे थे, पुत्तू कभी भूलता नहीं, वे जब भी नए सिरे से अपने जूते पहनते तो हमेशा उन्हें नई, ताजी चमक के साथ देखना चाहते।

"तुम्हारी जीजी, तुम्हारी शिकायत कर रही है," डॉ० बृजलाल ने अपने चाय के प्याले के साथ पुत्तू से पूछा, "क्या बात है?"

खिसियाकर कमला वहाँ से खिसक ली। पुत्तू के सामने वह अपनी अलमारी का प्रकरण उघाड़ना नहीं चाहती थी।

"हमारी बदकिस्मती है, साहब!" पुत्तू हाथ जोड़ने लगा, "जीजी से हम दस बार माफी माँग चुके हैं, बीस बार कान पकड़ चुके हैं लेकिन वे अब भी हमारे साथ नाराज हैं…"

"हम तो नहीं चाहते, तुमसे वे नाराज रहें। हम तुम्हें यहाँ से भेजें। हमारे लिए तो तुम हमारे आलोक के दोस्त हो, हमारे टफ के दोस्त हो…"

बेशक वह जर्सी गाय अपनी टिकान के पाँचवें वर्ष बीमार पड़ गई थी और कमला के पिता उसे वापस अपने गाँव लिवा ले गए थे किंतु पुत्तू को उन्होंने यहीं छोड़ दिया था। पुत्री और दामाद के आग्रह पर। उन पिछले पाँच वर्षों में पुत्तू ने रसोई ही का काम नहीं सीखा था बल्कि साइकिल चलाना भी सीख लिया था और उनके नाती आलोक को स्कूल पहुँचाने-लिवाने का काम भी उसी को सौंप दिया गया था। और उत्तरवर्ती चार वर्षों में तो पुत्तू ने अपनी उपयोगिता का एक नया कीर्तिमान भी स्थापित किया था। परिवार के कुत्ते 'टफ' के संबंध में, डॉ० बृजलाल अपने बेटे आलोक के छठे जन्मदिन पर उसके लिए 'मैस्टिफ' नस्ल का एक पिल्ला लाए थे जो पुत्तू के ही हाथों पला-बढ़ा था और इन तीन वर्षों में ढाई फुट ऊँचाई और चौरासी किलो वजन प्राप्त कर चुका था वह। 'टफ' नाम के उस मैस्टिफ को रोजाना ब्रश लगाने, खिलाने और टहलाने का जिम्मा तो पुत्तू का रहता ही, हर सप्ताह उसे नहलाने का कार्यभार भी उसने अपने कंधों पर ले रखा था। जो खिलवाड़ नहीं था।

"हम भी तो यहीं पड़े रहना चाहते हैं, मालिक, कहीं नहीं जाना चाहते हैं," पुत्तू ने डॉ० बृजलाल के पैर पकड़ लिए।

"फिर अपनी जीजी की अलमारी पर क्या करने गए थे? तुम्हें और रुपयों की जरूरत थी तो हमसे माँग लेते…"

"नहीं मालिक," उनके पैर छोड़कर पुत्तू ने अपने कान पकड़ लिए, "हमें और

रुपए की कोई जरूरत नहीं मालिक। हम तो सिर्फ जीजी की डायरी देखना चाह रहे थे···"

"क्या तुम्हें उनके हिसाब पर यकीन नहीं? जो अपने उधार का बकाया उसमें देखने चल पड़े?"

घर के हिसाब-किताब का जिम्मा कमला के पास रहा करता और इस मामले में उससे कभी भूल न होती। जितना घर खर्च वह पति से पाती उसके पैसे-पैसे का हिसाब वह अपनी डायरी में दर्ज करती। रोज की रोज। फिर हर माह के अंत में वह डायरी पति के सामने जा रखती, "आप भी देख लीजिए। मेरे जोड़ और मनफी सब सही हैं या नहीं?" और वे हमेशा सही ही निकलते।

"नहीं, मालिक। हम जीजी की हिसाब की डायरी की बात नहीं कर रहे। हम उनकी दूसरी डायरी की बात कर रहे हैं···"

"दूसरी डायरी?" डॉ० बृजलाल की भृकुटि तन गई, "तुम्हारी जीजी कहीं दूसरी जगह भी घर का हिसाब रखती हैं?"

"नहीं, मालिक। उस डायरी में वे कुछ और ही लिखा करती हैं···"

"और क्या?"

"हम नहीं जानते, मालिक। बस, आज पहली बार देखने चले गए थे कि पकड़े गए···"

"ठीक है, तुम अंदर से जीजी को मेरे पास भेजो। मैं उससे बात करूँगा···"

पत्नी की डायरी डॉ० बृजलाल तुरंत बाँच लेना चाहते थे।

"लाओ, अपनी अलमारी की चाभी इधर लाओ," पत्नी को सामने पाते ही वे लॉबी की कुर्सी से उठ खड़े हुए।

"अपने क्लीनिक लेकर जाएँगे?" कमला ने हँसकर उन्हें टाल देना चाहा।

"यहाँ तुम्हारी अलमारी की बात हो रही है। मेरे क्लीनिक की नहीं," डॉ० बृजलाल कठोर हो लिए।

"लीजिए," भयाकुल अवस्था में कमला ने साड़ी में टँगी वह चाभी पति की ओर बढ़ा दी। पति की आज्ञा वह कभी टालती नहीं। वरना कई बार उसे गंभीर परिणाम भुगतने पड़ते। कुछ प्रत्यक्ष, कुछ अप्रत्यक्ष।

डॉ० बृजलाल चाभी पर झपटे और अपने कमरे की ओर लपक लिए।

कमला उनके पीछे-पीछे चली आई। डरती-काँपती।

एक झटके के साथ डॉ० बृजलाल ने पत्नी की अलमारी खोली और उसका

सामान नीचे पटकने लगे।

"मुझे बताइए," अपने कपड़ों की दुर्गति कमला से देखी नहीं गई, "आप क्या ढूँढ़ रहे हैं?"

"वह डायरी जो तुम छिपकर लिखती हो और छिपाकर रखती हो···"

"किसने कहा आपसे?"

"पुत्तू ने···"

"लेकिन उसमें तो कुछ भी नहीं···"

"वही तो मुझे देखना है। कहाँ है वह?"

"मेरी तिजोरी में रखी है···"

"उसे अपने जेवर के साथ रखती हो? इतनी कीमती है वह?"

हचकेदार एक झोंके के साथ डॉ० बृजलाल ने अलमारी की तिजोरी का दरवाजा खोला।

कमला के आभूषणों के डिब्बों की आड़ में जिल्दबंद एक डायरी रखी थी।

अपने एक किनारे पर बने परिवेध में एक पेंसिल लिए।

डॉ० बृजलाल ने उसे तिजोरी से निकाला और अलमारी की चाभी कमला की ओर फेंक दी।

चाभी जमीन पर गिर गई किंतु कमला ने चाभी पर तनिक ध्यान नहीं दिया और पति की ओर बढ़ आई।

"इसे देखकर क्या करेंगे? इसमें ऐसा कुछ नहीं···"

"पढ़कर देखता हूँ क्या करता हूँ? क्या करूँगा?"

डॉ० बृजलाल ने डायरी के पृष्ठ एक बार पलटे, दो बार पलटे, तीन बार पलटे और उनकी हैरानी बढ़ती चली गई।

एक-चौथाई खाली उस डायरी में शब्दों के स्थान पर लकीरें ही लकीरें बिछी थीं···

पृष्ठ दर पृष्ठ···

कुछ समस्तर। कुछ अनुलंब।

कुछ दुहरी। कुछ तिहरी। तो कुछ पाँच-तही, कुछ दस-तही।

"तुम्हारा दिमाग फिर गया है," डॉ० बृजलाल ताव खा गए, "तुम्हारे बाबूजी को अब मैं फोन लगाता हूँ। यहाँ बुलाता हूँ। यह डायरी दिखाता हूँ। बोलता हूँ, आपकी बेटी पागल है, इसे यहाँ से ले जाइए···"

"ऐसा मत करिएगा," कमला पति के पैरों पर गिर पड़ी, "बाबूजी को यह

हरगिज न दिखाइएगा। कुछ मत बताइएगा। वे घबरा जाएँगे···"

"फिर समझाओ मुझे! इस घालमेल का क्या मतलब निकलता है? क्या मतलब निकल सकता है? यही न कि तुम पागल हो···"

"यह एक खेल है जो मैं अपनी माँ के साथ खेला करती थी···"

"कैसा खेल?"

"तल-घर का खेल। मेरी पेंसिल से माँ मेरी कॉपी में तरतीबदार कभी आठ खाने बनातीं तो कभी सोलह। कहतीं, ये हमारे तल-घर के कमरे हैं। फिर हर कमरे की दो दीवारों पर छाया कर देतीं और दो दीवारें खाली रखतीं। फिर कहतीं, सभी कमरों में हमें इस पेंसिल के सहारे इस तरकीब से डोलना-फिरना है कि किसी भी कमरे में हमें दोबारा न जाना पड़े···"

पति के सामने कमला ने आलोक की 'प्ले बुक' में दी गई एक मेज (भूलभुलैया के खेल) को चक्कर खिलाकर आगे बढ़ा दिया।

"मगर मुझे तो यहाँ कोई खाना नजर नहीं आ रहा," पत्नी की घुमावदार इस व्याख्या ने उनके क्रोधावेश में वृद्धि कर दी, "सिर्फ लकीरें ही लकीरें हैं और वह भी बेतरतीब, अललटप्पू, अटकल-पच्चू, अंड-बंड···"

"माँ के साथ खेलती थी तो इन लकीरों में तरतीब रहा करती थी," कमला आँसू टपकाने लगी। पति का दिल पसीजने के प्रयास में।

"यह उम्र है तुम्हारी ऐसे ऊल-जलूल खेल खेलने की?" डॉ० बृजलाल ने वह डायरी जमीन पर पटक दी, "तेईस-पच्चीस साल पहले मरी अपनी माँ को रोने की?"

"आप ठीक कहते हैं," पति के पैरों से अलग होकर कमला हाथ जोड़कर अपनी दूसरी युक्ति प्रयोग में ले आई, "मुझे माँ के ये खेल भूल जाने चाहिए। आप मुझे इस बार माफ कर दीजिए। अब मैं यह सब नहीं बनाऊँगी। कभी नहीं बनाऊँगी···"

वह जानती थी उसके भीतरी तल के मार्गाधिकार उसके पास सुरक्षित थे और पति उसके मार्गपट्ट तक से अनभिज्ञ थे।

"मैं तो हमेशा ही ठीक होता हूँ," डॉ० बृजलाल थोड़ा नरम पड़ गए, "ठीक सोचता हूँ, ठीक करता हूँ।"

"तो मुझे माफ कर दीजिए···मैं तो मूर्ख हूँ···महामूर्ख···जो हर समय गलत सोचा करती हूँ···"

"गलत तो तुम हमेशा सोचती ही हो···गलत तो तुम हमेशा होती ही हो···" डॉ० बृजलाल अब भिन्न दिशा में चल पड़े थे।

"पुत्तू के बारे में भी आप ठीक कहते हैं," वातावरण को सामान्य स्थिति में लाने

के लिए कमला ने जोड़ा, "हमें उसे अभी अपने पास रहने देना चाहिए। बल्कि अभी क्या? तीन-चार साल और उसे अपने पास टिकाए ही रखें। अब तो वह किराने की दुकान से घर का पूरा सामान भी लाना सीख गया है। और फिर आलोक के साथ खेलता-कूदता है। उसका बाल-मित्र है। बचपन से उसे देखे-भाले हैं। आप बाबूजी को फोन न ही करें तो अच्छा। और अपनी चाभी का मैं पूरा ध्यान तो अब रखूँगी ही…"

"ठीक है," डॉ० बृजलाल कमरे से बाहर निकल गए।

लॉन की दिशा में।

जहाँ आलोक और टफ फुटबॉल खेल रहे थे।

पुत्तू की संगत में।

"देखो, हमारे मालिक आ रहे हैं," लॉन में उन्हें आते देखकर पुत्तू ने टफ से कहा।

टफ उनकी ओर लपक लिया।

अपनी जुबान लपलपाता, अपनी दुम हिलाता…विद्युत-गति से…

अपने भूरे स्थूल सिर और काले थूथन के साथ…

उसके छोटे कान नीचे की ओर लटक रहे थे।

"आप भी हमारे साथ खेलिए," आलोक ने पिता को निमंत्रण दिया।

"बस, एक-दो गेंद ही खेल पाऊँगा," डॉ० बृजलाल कुछ सहज हो लिए, "मुझे अपने क्लीनिक भी तो पहुँचना है। पौने पाँच बजने ही को हैं…"

"गाड़ी की चाभी लाएँ, साहब?" पुत्तू ने पूछा।

अपनी कार्यक्षमता एवं स्फूर्ति का उदाहरण देने का कोई भी अवसर पुत्तू हाथ से जाने नहीं देता।

"हाँ, ले आओ…"

जब तक पुत्तू गाड़ी की चाभी लेकर लौटा, आलोक ने, टफ ने, फुटबॉल ने उन्हें पूर्णतया प्रकृतिस्थ कर दिया था और वे अपने क्लीनिक की ओर चल दिए।

प्रसन्न मुद्रा में।

उधर कमला भी अपनी हड़बड़ाहट से बाहर निकल रही थी। जमीन पर गिरा अलमारी का सामान उसे समेटना था।

जमीन से सबसे पहले उसने अपनी निजी डायरी उठाई। अपनी तिजोरी में उसे बहाल करने हेतु।

अगले दिन उसके अहाते में पुनः बिचलने-विचरने के लिए···
उस तल-घर में···
जिसकी तहों में उसने कई विस्फोटक शस्त्र छिपा रखे थे···
और जिन्हें वहीं रोके रखने के लिए उसे नई तहें बनानी पड़ती थीं।
कुछ दुहरी, कुछ तिहरी···
कुछ पाँच-तही, कुछ दस-तही···

('कथादेश', जुलाई, 2010)

□□